泰逢

石夷

山神卷

張錦江等 著

新說山海經

中華教育

印務　劉漢舉

排版　陳淑娟

裝幀設計　陳淑娟

責任編輯　楊安琪

張錦江等◎著

張樂家◎插畫

出版　中華教育
　　　香港北角英皇道四九九號北角工業大廈一樓B
　　　電話：(852) 2137 2338　　傳真：(852) 2713 8202
　　　電子郵件：info@chunghwabook.com.hk
　　　網址：http://www.chunghwabook.com.hk

發行　香港聯合書刊物流有限公司
　　　香港新界荃灣德士古道220-248號
　　　荃灣工業中心16樓
　　　電話：(852) 2150 2100　　傳真：(852) 2407 3062
　　　電子郵件：info@suplogistics.com.hk

印刷　美雅印刷製本有限公司
　　　香港觀塘榮業街6號
　　　海濱工業大廈4樓A室

版次　2021年9月第1版第1次印刷
　　　©2021中華教育

規格　16開 (230mm×160mm)
ISBN　978-988-8759-70-5

當希臘神話融落在愛琴海中，愛琴海就有了神祕且迷人的魅力。

那時，我坐在一艘白色的遊輪上，由希臘的雅典到聖托里尼島去。

玻璃舷窗映着五月的陽光，海水深藍，泛着亮晶晶的波光，蕩漾着碎碎的波紋。我凝視着這無垠的平靜的海。

我在翻閱一本藍色的大書，書上有一個名字：荷馬。

這是古希臘偉大的盲人詩人。他為人類留下了宏偉巨著《荷馬史詩》。這部希臘神話經典講述的是由神的一個金蘋果引發的一系列故事，其源頭正是希臘民間神話傳說。

海的波褶中浮現出智慧女神雅典娜、天后赫拉、美神阿芙羅狄蒂縹緲的身影……

我在雅典衞城的巨石城堡中見到了巴特農神殿雅典娜塑像的原址，雅典娜不見了，只剩下空殿；我在靈都斯古鎮仰望了勝利女神的斷翼石、多

乳女神的殘胸碑；我在奧林匹亞瞻仰了神中之神宙斯與天后赫拉的神廟遺跡——那些完整的與倒塌的帶棱角的巨型圓柱；我還在德爾斐宗教聖地，於一塊鐘形的石柱前流連忘返，注視着這個被稱為「世界的肚臍」的地方，聆聽着音樂之神、太陽之神——美少年阿波羅那關於預言石與阿波羅神廟的傳說。

海面上流淌着、升騰着阿波羅豎琴的樂曲聲。

我在希臘這個神的國度裏，從那些數千年的斷瓦殘磚、古堡、石柱、垣壁中傾聽着一個又一個美麗而奇妙的神話傳說，隨便翻一片磚瓦，神話故事就會像一隻隻活靈靈的蟋蟀蹦跳出來。神話無處不在，神話無處不有。無論是牛頭人身怪米諾陶洛斯，還是看一眼就讓人變成石頭的女妖美杜莎，又或是一歌唱就讓人丟魂的人頭鳥塞壬……它們都浸潤在希臘人的血液中，是獨屬於希臘的文化財富。受其影響，古希臘悲劇產生並盛行起來，埃斯庫羅斯的《被縛的普羅米修斯》，索福克勒斯的《俄狄浦斯王》《厄勒克特拉》，歐里庇得斯的《巴克斯的信女》《美狄亞》等名劇流傳至今。蘇格拉底、柏拉圖、亞里士多德等人也深受希臘神話的影響。希臘神話也影響了歐洲的文明，但丁、歌德、莎士比亞、達·芬奇、拉斐爾、米開朗基羅等人受其薰陶，將歐洲文化推向輝煌。

這平靜碧藍的海呀，怎麼變得混沌咆哮起來？

我想起了黃河。

那年，我漫步在鄭州的黃河之濱，看見一尊由褐色花崗巖

石雕琢而成的黃河母親的塑像，那是一個溫柔而豐腴的母親，她仰臥着，腹部上趴着一個壯實的男孩，意指黃河是中華兒女的母親河。而黃河文化的始祖——炎黃二帝的巨石半身雕像就在高聳的向陽山上。一側的駱駝嶺主峰上站立着大禹的粗麻石塑像，大禹頭戴斗笠，身穿粗布衣，右手持耒，左臂揮揚，智目慧相。基座上嵌碑刻題八字：「美哉禹功，明德遠矣。」

炎黃二帝、大禹都是《山海經》中的人物。《山海經》記述了炎黃二帝始創中華，大禹治理黃河定九州的故事。

這時，在我的眼前，黃河的驚天巨浪翻湧而起，一部大書被托舉在高高的濤峰上。

這就是《山海經》。

這部成書於先秦時期的《山海經》，分《山經》《海經》兩部。《山經》又分《南山經》《西山經》《北山經》《東山經》《中山經》；《海經》又分《海外南經》《海外西經》《海外北經》《海外東經》《海內南經》《海內西經》《海內北經》《海內東經》《大荒東經》《大荒南經》《大荒西經》《大荒北經》《海內經》。全書三萬一千餘字。這是一部記載中國遠古時代山川河嶽的地理書；這是一部講述中國遠古部落戰爭的歷史書；這是一部關於中國遠古英雄的傳奇書；這是一部關於中國遠古列國的民俗書；這是一部關於中國遠古巫術的玄幻書；這是一部關於中國遠古神怪的百科書；這是一部關於中國遠古草木的參考書。

　　這部極具挑戰性的古書、奇書、怪書，吸引了中國歷代無數的聖者、智者。太史公司馬遷曾在《史記‧大宛列傳》中寫道：「至《禹本紀》《山海經》所有怪物，余不敢言之也。」他對《山海經》的怪物不敢說，可見太史公的疑慮。東漢班固在編撰《漢書‧藝文志》時，將《山海經》列為「數術略」中「形法類」之首，認為這書是用來占卜凶吉的，與巫有關。晉代郭璞嗜陰陽卜筮之術，神馳《山海經》並為其作註，成史上註釋《山海經》第一人。田園詩人陶淵明熟讀《山海經》，寫下十三首《讀〈山海經〉》詩。北魏地理學家酈道元在其著作《水經注》中引《山海經》百餘條。隋代訓釋《楚辭》的名家釋智騫也頗得益於《山海經》。「唐宋八大家」之一的柳宗元在《行路難》中引用了夸父追日的傳說，而歐陽修則寫有《讀山海經圖》一詩。

　　《山海經》也為中國志怪小說、神話小說提供了素材，《西遊記》《封神榜》《神異經》《搜神記》等小說都受到了它的影響。現代文學家魯迅、茅盾、聞一多等人也很關注這部古怪的大書。魯迅在《中國小說史略》第二篇「神話與傳說」中指出，小說的淵源是神話，並首推《山海經》為其源頭。又稱：「中國之神話與傳說，今尚無集錄為專書者，僅散見於古籍，而《山海經》中特多。《山海經》今所傳本十八卷，記海內外山川神祇異物及祭祀所宜……與巫術合，蓋古之巫書也……」魯迅的說法與班固對《山海經》的看法幾乎是一致

的。魯迅對《山海經》情有獨鍾，不僅肯定了《山海經》是中國文化之源、中國小說之淵，而且寫下了由《山海經》中的素材引發創作想像的三篇小說，即《故事新編》中的《補天》《奔月》《理水》。茅盾從研究希臘神話延伸到研究中國神話，寫下了《中國神話研究ABC》。這是希臘神話與中國神話的第一次神靈交匯，書中第七章專門寫了《山海經》中的「帝俊與羿、禹」。茅盾寫道：「宙斯是希臘的主神，因而我們也可以想像那既為日月之父的帝俊，大概也是中國神話的『主神』。」又寫道：「神性的羿實是希臘神話中建立十二大功的赫拉克勒斯那樣的半神的英雄。」

混沌深沉的黃河呀，是中國神話原始大書《山海經》之母，也是中國文化的源頭。它與蔚藍的愛琴海相映成輝。我在愛琴海上想着黃河的千古絕唱，因此有了編創《新說山海經》的念想。

是為序。

張錦江

2016 年 4 月 22 日下午草於坤陽墨海居

新說山海經·山神卷

這是《新說山海經》的第六卷。

《山海經》中有名可查的山約 1260 座，其中奇山約有 403 座，諸如無草木之山 193 座、無獸之山有 160 座、怪山 50 座。而 1260 座山，每座山都有自己的山神。這些山神形態各異：或人面獸身，如人面馬身神、人面豬身十六神、人面鳥身神；或獸面人身，如羊角人身神、龍首人身神；或獸身獸首，如馬身龍首神、鳥身龍首神、龍身鳥首神；或人形異相，如三足神、人面三首神、三目神；當然也有完全是人形的山神，如耕父、熊山神、驕蟲神等。諸多山神雖有各自不同的神力與不同的秉性和經歷，但他們都有聖潔的心靈，憑着智慧、勇氣、慈愛、寬容等崇高品德保佑一方平安，他們是古國民眾的護佑神，是中華民族精靈的神化形象。本卷創作並非寫山神小傳，而是選取山神身世中最精彩的片段，表現山神的神性與人性，並使山神古形象蘊含現實生活的韻味，更加符合現代讀者的審美趣味。

　　《新說山海經 (山神卷)》共選取了十位山神：禺京、武羅、泰逢、不廷胡余、飛獸之神、熊山神、石夷、因因乎、肩吾、西王母。這十位山神的故事都經過精心構思，角度精妙、情節奇突、懸念不絕、扣人心弦、意蘊深遠。在本卷中可見到：北海海神^①禺京懲海盜（《禺京》）、青要山山神武羅護草園（《武羅》）、和山山神泰逢戲昏王（《泰逢》）、南海島神不廷胡余與藍豚公主的傳奇（《不廷胡余》）、萊山山神飛獸之神除妖鷹（《飛獸之神》）、熊山神熊穴驚魂（《熊山神》）、日月山神石夷斷臂重生（《石夷》）、南禺山山神因因乎戰風獸（《因因乎》）、崑崙山山神肩吾守九門（《肩吾》）、玉山山神西王母情交三青鳥（《西王母》）。

　　註：本書中涉及的《山海經》原文參考上海古籍出版社 2015 年版的《山海經》。

---

① 由於上古時期山海為一體，山海之間相互轉換，故本書中除山神外，也收入了一篇有關北海海神的故事。

目錄

禹京

張錦江 文

東海之渚中，有神，
人面鳥身，珥兩黃蛇，
踐兩黃蛇，名曰禺虢。
黃帝生禺虢，禺虢生禺京。
禺京處北海，禺虢處東海，
是惟海神。

【大荒東經】

　　海上出現了一艘船。航跡有些蹊蹺詭異。

　　一位在海灘上漫步的少年早就注意到了。

　　少年脖子上戴着一個紅色楓葉編織成的項圈，腰間繫一豹皮短裙。少年很是英俊。這時，輕柔的海風把少年長長的捲髮吹得向腦後飄散，露出一張黝黑油亮又帥氣的圓臉。他兩道濃黑的眉毛向上揚着，眼睛黑白分明，炯炯有神，寬厚的嘴唇微抿着。

　　少年覺得，這是一艘平頭平底尋常的運貨船，一艘船舷有六個槳孔的划槳民船。讓他起疑的是，船起先不規則地航行，船頭東晃西晃，鬼鬼祟祟，像是在窺視什麼，或者說在搜尋什麼，之後便徑直朝他駛來，而且船速很快。船的左右兩舷各有三個水手划着船，尾舷有一個舵手，船頭有一個大漢揮着手在指揮。水手都在拼力地划着。

　　船「吱」的一聲在海灘上擱淺了。這是北海海灘，海灘的沙粒很粗大，夾雜着五色的鵝卵石。漫過沙石的海水清澈透亮，裏面長着長長的海帶，使海水散發出濃濃的海腥味。少年的腳很大，他走過的地方沙面都被踩得凹陷下去，留下了一串大腳丫印痕。

　　六名水手在大漢的帶領下從船上躍跳下來，呼天搶地地

喊着：「捉住他！捉住他！」隨即衝到了少年面前。

少年立即意識到，這群人不是普通的水手，他們來者不善。但少年並不驚慌，微笑着停了腳步，一動不動地站在那裏。奇怪的是，七個人沒有馬上動手，而是把少年團團圍在中間。少年嘴角露出一絲冷笑，問道：「哪位是船老大？」

這時，為首的大漢向前邁了一步。他個頭最高，比少年高出半截，像座山一樣聳立着，說話嗓門很大。他一臉大黑鬍子往上一直長到眼睛底下，往下長到胸口，大鬍子被編成了許多小辮子，一部分拖在胸前，另一部分甩到了脖子後面。他瞪着一雙兇殘的眼睛，像魔鬼一樣可怕。他說：「娃兒，認識我吧？我就是人見人怕的北海魔王黑鬍子。」少年一拱手說：「原來你就是北海魔王黑鬍子，久仰，久仰！」黑鬍子說：「娃子，跟我走吧，用不着我動手吧？」少年說：「我與你素不相識，憑什麼跟你走？」黑鬍子說：「這娃兒，說瘋話呢，我讓你跟我走，你就得跟我走，還認個什麼理？孩兒們，上！綁了他！」黑鬍子上身赤膊，下身圍一草裙，另外六人有胖有瘦，有老有少，也都一樣打赤膊，並不是孩子，黑鬍子怎麼衝他們喊「孩兒們」呢？

少年一聽，這是海匪黑話，他意識到自己碰上海中強盜了。少年慶幸早先的判斷沒有錯：這是一群惡人，黑鬍子是江洋大盜。

少年只輕輕喝了一聲：「慢！」他彎下腰去，隨手撿了一枚形狀如海螺的鵝卵石。黑鬍子叫道：「娃子，你想幹

什麼？」少年說：「我不想幹什麼。我覺得這枚鵝卵石好看。」少年在手中撫摩玩賞了鵝卵石一番，就把它扔了。這時，赤膊佬們看見那枚鵝卵石居然在海灘上爬了起來——這不是鵝卵石，而是一隻真正的活海螺。赤膊佬們驚異得面面相覷，一時沒了語言，也不嚷嚷了，都覺得這娃子有魔力。還是黑鬍子厲害，一腳把那隻海螺踢飛了，又喊起來：「看什麼看！小帶魚、泥鰍，動手！」兩個瘦傢伙醒悟過來，遵命上去扭住了少年的兩條胳膊，然後想把他往船上拖。可是拖不動，太重。這少年看上去也不過百十來斤重，怎麼這般沉？黑鬍子又喊：「蛤蟆、癩瓜，上！」又上來兩個胖傢伙，少年的兩條胳膊各有一胖一瘦的兩個傢伙拽住，但他們還是拉不動。還剩下兩個老頭兒，黑鬍子用手推了他們一把：「老蛇、老鱉，你們來！」兩個老頭兒往手心吐了一口唾沫，喊一聲：「來了！」他們彎腰鑽到少年肚皮底下試圖把他抬起來，但少年還是紋絲不動。老蛇、老鱉都叫起來：「骨頭也弄痛了！」

最後，黑鬍子來了，嘴裏罵道：「真沒用！看我把你這娃子背起來！」黑鬍子果然力大無窮，一下子就把少年背到了背上。不過，黑鬍子也覺得這少年體重驚人，便如虎吼般叫道：「這娃子重到有如一座山壓在我身上。」少年在他背上說：「你背負的不是一座山，而是整個北海！」胖瘦老少的赤膊佬們覺得少年的話有點兒不對勁，打了一個寒戰。

黑鬍子背着少年到了船的一側，用力一甩就把少年甩上了

船，少年的身子被甩下去時好像一陣風那麼輕，他毫髮無損，笑嘻嘻地躺在船板上。剛才還重得像座山呢，黑鬍子不解。

水手們也都回到船上。船離開了海灘，開始行駛了。

黑鬍子怕少年跳海跑了，在捆綁少年時費了一番周折：黑鬍子先是叫小帶魚、泥鰍用藤草繩捆住少年的手腳，結果捆來捆去捆不住，眼看着已將他的手與腳捆得結結實實，誰知一眨眼的功夫，藤草繩就爛斷了，像被一群螞蟻咬過一樣，變成了粉末。要知道，這藤草繩結實得十個人也拉不斷。嚇得小帶魚、泥鰍目瞪口呆，小帶魚用顫抖的聲音問少年：「娃子，你是妖還是鬼？或者是神吧？」少年說：「你們看看我的樣子，是妖是鬼還是神？我像嗎？」小帶魚搖頭說：「不像。」泥鰍說：「娃子，你怎麼會這麼多法術？讓人猜不透。」少年說：「我哪裏有法術？你們看花眼了。」小帶魚說：「不過，你這娃兒性子這麼好，我們這麼對付你，你一點兒都不發怒，也一點兒都不怕。」少年說：「你們人多，我只一個人，怒也好，怕也好，往哪裏逃？只能忍着。」泥鰍說：「我不同你娃兒說了，我要稟告黑鬍子，繩子爛了綁不了。」

不一會兒，泥鰍帶着黑鬍子來了。黑鬍子手裏拎着一副青銅手銬和一副青銅腳鐐，他把這兩件東西往船板上一扔說：「這是鎖天庭重犯用的，銬鎖上了神仙也逃不了。」

黑鬍子自吹自擂這兩件牢獄用具的來歷。黑鬍子說：「這是黃帝戰勝蚩尤後，捆鎖蚩尤用的手銬、腳鐐。蚩尤被

處死後，黃帝就把手銬、腳鐐送給了我。我一直藏着，還沒開過葷呢，今天就給這娃兒開開葷。」小帶魚與泥鰍從來沒有聽黑鬍子講過這件事，今天聽聞此事，都覺得他與黃帝有過瓜葛，非神也是仙了。他倆對黑鬍子投去驚慕的目光。不過，少年隨即糾正了黑鬍子的說法。少年說：「我倒聽說過，黃帝在黎山將蚩尤處死後，蚩尤身上的手銬、腳鐐就被丟棄在那裏，後來變成了一棵楓樹。」少年的話讓小帶魚與泥鰍心裏咯噔了一下，他們心裏嘀咕着：「這娃兒連天上的事情都知道呢。」也都對黑鬍子的話疑惑起來。哪知，黑鬍子惱羞成怒：「胡說！」少年辯駁道：「是我胡說，還是你胡說，你心裏清楚。」黑鬍子怒不可遏地說：「不與你這娃兒囉唆，給他銬上！」於是，小帶魚與泥鰍遵命給少年銬上手銬，戴上腳鐐。

果然，這青銅的東西沒有斷掉。黑鬍子放心地去船艙裏睡覺了。船艙其實是一個小木棚，在船的尾部，裏面只能容納黑鬍子一人躺下。晚上，除了黑鬍子有特別的睡艙外，其餘的人都只能露宿在艙前的船板上。應該說，這船上還有一個人沒有交代，那就是在船尾掌舵的老蟹，他也是一個小老頭兒，與老蛇、老鱉在船上號稱「三老」。

老蟹還算穩重，待小帶魚與泥鰍坐上划槳位子後——船舷的六個槳孔裏各插着一把槳，他們各執一槳與另四人一起划起了船——他與少年攀談起來。

老蟹此前一直關注着少年的一舉一動，在這老江湖眼

裏，少年有能使藤草繩化為粉末的法術，又能知曉天上的事情，他預感這娃兒定非一般凡人，又見娃兒一表人才，性子不溫不火，隨黑鬍子擺弄，覺得這裏面一定有玄機。他想，得饒人處且饒人，不能把事做絕，得給自己留條後路。

老蟹瞇起笑眼對少年說：「娃兒，讓你受苦了。」少年想，這人倒還有點兒善意，便說：「老伯，你就跟我說實話吧，黑鬍子一幫人平白無故地抓我到船上，到底想幹什麼？」老蟹說：「不瞞你說，娃兒，黑鬍子是做人肉生意的，在海上殺人越貨，把民船點一把火燒了。黑鬍子是無惡不作的江洋大盜，這一帶的漁民、商賈一聽到黑鬍子來了，就會嚇得魂飛魄散。我是被他抓來的，一家老小七口人都被他殺了，扔在了海裏。我天天看着黑鬍子這夥人作孽，卻不敢阻止，只能提心吊膽熬日子。給娃兒說句掏心窩的話吧，黑鬍子見你年輕又好看，想抓你到前面的穿胸國換金子。這個國家的人心術不正，原先長着歪心，後來個個生疔、生疽，心都爛了，換成狼心狗肺，又都爛了，後來這心沒了，胸口便留下一個大空洞。穿胸國國王專做人口買賣的生意，買進長得好看的男孩女孩，然後又高價出售換更多金子。」少年說：「這種壞事也只有沒有心的人才做得出來。老伯，你把這些講給我聽，你就不怕嗎？」老蟹說：「娃兒，我知道你是好人，你一定會救我。」少年說：「老伯，放心吧，我會救你。」

天色暗下來的時候，船停靠在一個小島的岸邊。

這天夜裏發生了一件事。

半夜時分，小帶魚覺得有點兒冷，被凍醒了——這正是七月暑天，哪有這般寒氣？他想尿尿，就去了船尾。這時，他看到了一片金光，金光裏罩着一個人面鳥身人，那人面目嚇人，雙眉豎飛，雙目上揚，闊嘴，隆鼻，耳朵上掛着兩條青蛇，兩鬢粗硬的頭髮像刺叢一般，頭頂用紅綢巾束一髮髻，脖子上也圍一三角紅綢巾，上身、手臂覆滿金黃色的羽毛，長着人的手，腰間紮着金黃色的豹皮，下肢是粗壯的鳥腿，長着鳥爪，踏着兩條青蛇。小帶魚嚇得屁滾尿流，連聲喊道：「妖怪，妖怪……」水手們都被他驚醒了。

月色很好，海面一片寧靜，一隻夜遊的鳥掠過小島。船尾的少年戴着手銬、腳鐐酣睡着。船尾的金光以及金光中的人已不見蹤影。多麼平靜的夜海呀。水手們都說小帶魚說胡話，大概是在做夢吧。隨即對他一陣戲謔嘲笑。小帶魚說：「我千真萬確看到了一個嚇人的妖怪，也許是神呢。」黑鬍子睡在船艙內，鼾聲如雷，艙外的吵鬧聲沒有把他驚醒。

海與島重新歸於平靜。大家又都睡去了。不過，小帶魚說的那一幕，無論真假，都在每個水手心裏留下了陰影。

第二天白天，事情更奇怪了。

黑鬍子的船是條極不安穩的噬血怪魚，在海上游弋着。在太陽剛剛升起來的時候，北海的海面一片血色。很大很圓的太陽像翻滾着的火紅巖漿。黑鬍子一雙充血的眼睛透過升騰在泛着波光的晨海上的薄薄霧靄，敏銳地看到了一條船——一條漁船。

　　黑鬍子當然不會放掉這個獵物。

　　黑鬍子的船餓虎撲羊般地駛了過去。

　　當黑鬍子的船突然出現在那條漁船前時，漁船上的五六個漁民驚恐萬分地喊叫起來：「黑鬍子！黑鬍子來啦！」黑鬍子站在船頭，他的頭上戴着一頂不燃冬草編織成的頭冠，從冠頂掛下一條點燃的火繩，這細長的火繩點燃起來很慢，是用大麻繩蘸上硝石水和石灰水做成的。這樣的裝扮很是嚇人，他的臉連同那雙兇殘的眼睛，還有大黑鬍子，完全被火繩燃燒所產生的煙霧籠罩着，像從地獄裏鑽出的魔鬼。黑鬍子在海上搶劫時以及作戰時都是這個打扮。

　　漁民慌亂地丟下正在網魚的漁具，掉轉船頭欲逃時，黑鬍子的船已靠上了漁船。小帶魚、泥鰍正欲把纜繩甩上漁船，蛤蟆、癩瓜、老蛇、老鱉都舉着石刀、石斧準備跳上漁船，黑鬍子惡狠狠地攘着一把大石砍刀，唯獨老蟹一人坐在舵位上。

　　眼看漁船難逃一劫，這時，突然颳起一陣寒風。這寒風在水手中旋轉着，緊圍着每個準備行兇的人的身軀，發出刺耳的尖嘯聲，冰涼刺骨，大暑突然變成嚴冬，轉眼之間，黑鬍子等一干人都凍僵在那裏。真是怪事不斷，這些僵硬着身子的人，眼珠能動，看得清發生的一切。他們眼睛瞪得大大地看清了，那個少年模樣的人變成了人面鳥身人，與小帶魚昨天夜裏看到的情景一模一樣，他周身散發着金光。水手們都嚇得閉上了眼睛。黑鬍子還有他的嘍囉們都清楚地知道，

他們碰到北海海神禺京了。

北海海民們孩提時代就從父輩那裏聽說過，北海海神禺京的母親是東海海神禺虢，而禺虢的父親正是黃帝。所以，禺京講他外公處死蚩尤後，被丟棄在黎山的手銬、腳鐐變成了一棵楓樹的事自然說的是真事了。至於黑鬍子編排的故事，不容置疑是假話了。那麼，黑鬍子的青銅手銬、腳鐐又來自何處呢？有一種說法是，黑鬍子打劫過一條官船，官船上有一牢獄頭，這手銬、腳鐐就是從他手裏劫來的。

漁船乘機逃走了。只見漁民們都跪在船上，向泛着金光的地方伏拜不起。

禺京只現了一會兒原身，不久，站在船尾的依舊是那個戴着手銬、腳鐐的少年。

被凍僵的人也都解了凍，一個個活起來了，不過每個人的臉色都如死灰一般，黑鬍子草冠上的火繩也早就熄滅了。

少年說話了：「黑鬍子，北海魔王！你也該收場了，給我解開手銬、腳鐐！」

小帶魚、泥鰍不敢遲疑，立即給少年解了手銬、腳鐐。

少年又說：「黑鬍子，北海魔王！你罪孽深重，為北海黎民，我早該收拾你，這次我親眼見到你貪婪兇殘至極，隨心所欲，塗炭生靈，可惡又可恨！此刻還有何言可說？」

黑鬍子顫抖起來，大黑鬍子居然掉下來，露出了下巴——鬍子竟然是假的。他忙說：「我該死，求大神饒命！」

少年再說：「在你下地獄前，讓你與你的弟兄們喝頓美

酒，痛快而去！」

黑鬍子與一干海盜點頭稱是。

突然，奇跡發生了。船上流淌着葡萄酒的香氣，那船艙上爬滿了葡萄藤，結出了一串串亮晶晶的葡萄。艙內多出了一個裝滿酒的石酒罈，還有盛酒的石杯。海盜們驚得目瞪口呆，都覺得大限到了，一時間想起老蟹是唯一沒有被禺京凍僵的人，都拜跪在這個穩重的舵手面前，求他幫忙向神說情，放了他們。老蟹剛想說什麼，艙裏跳出了一隻山貓和一隻山豹，齜牙咧嘴要嘶咬這些海盜，嚇得他們東躲西藏。

少年說：「開始吧。大黑鬍子沒了，北海魔王還在，你先飲一杯。」

北海魔王捧起石酒罈往石杯中倒了酒，在山貓、山豹的怒吼聲中一飲而盡。接着小帶魚、泥鰍、蛤蟆、癩瓜、老蛇、老鱉也照樣飲了酒，到了老蟹要飲時，少年阻止了他，少年說：「你是好人，就不用飲了。」

第一個飲酒的北海魔王突然鼻子與嘴唇連在了一起，彎曲成了魚嘴，其他人還沒來得及叫喊，便都遭到了同樣的命運：他們的身上長出了黑色的魚鱗，脊背彎曲了起來，兩臂收縮成了鰭，雙腳合併成了魚尾巴。他們一個個都變成了魚，從船板上跳到了海裏，在海裏浮上浮下地游着。船上只剩下禺京和舵手老蟹了。

這時，只見船尾閃過一道金光，禺京變成了人面魚身，

騎着兩條金龍騰空而起。原來，北海海神禺京有兩種身份、兩種形象：他是北風風神時，是人面鳥身，掌管冬季，生出寒風；他是北海海神時，則是人面魚身，保佑北海生靈。

此時，禺京騎龍巡海去了。在空中，禺京說：「老伯，善有善報，好好過日子去吧！」

老蟹的船隨風漂走了。

故事取材

《大荒東經》

原文：東海之渚中，有神，人面鳥身，珥兩黃蛇，踐兩黃蛇，名曰**禺貌**。黃帝生禺貌，禺貌生**禺京**。禺京處**北海**，禺貌處東海，是惟海神。

譯文：在東海的一個島嶼上，有一個神人，長着人的面孔鳥的身子，耳朵上掛着兩條黃色的蛇，腳下踏着兩條黃色的蛇，名叫禺貌。黃帝生了禺貌，禺貌生了禺京。禺京住在北海，禺貌住在東海，都是海神。

禺貌 （清・汪紱圖本）

禺貌就是黃帝的女兒，是住在東海一個島嶼上的神人，長着人的面孔、鳥的身子，耳朵上掛着兩條黃色的蛇，腳下踏着兩條黃色的蛇。

《海外北經》

原文：北方**禺彊**，人面鳥身，珥兩青蛇，踐兩青蛇。

譯文：北方的禺彊（即禺京），長着人的面孔鳥的身子，耳朵上掛着兩條青蛇，腳下踏着兩條青蛇。

禺彊（即禺京）（明·蔣應鎬圖本）

　　北方之神禺彊（即禺京）是北海海神，也是北風風神，掌管冬季。傳說他有兩種形象：當他是風神的時候，就是人面鳥身，腳踩兩條青蛇，生出寒冷的風；當他是北海海神的時候，則是人面魚身，但也有手有足，駕馭兩條龍。

《大荒南經》

原文：有宋山者，有赤蛇，名曰育蛇。有木生山上，名曰**楓木**。楓木，**蚩尤**所棄其桎梏，是為楓木。

譯文：有座山叫作宋山，山上有一種紅顏色的蛇，名叫育蛇。山上還長着一種樹木，名叫楓木。（傳蚩尤被黃帝捉住後，手腳上都被戴上了枷鎖鐐銬。之後黃帝在黎山將蚩尤處死。）蚩尤身上的手銬腳鐐被丟棄在這裏，後來就變成了楓木。

武羅

張錦江 文

魋武羅司之，
其狀人面而豹文，
小要而白齒，
而穿耳以鑢，
其鳴如鳴玉。

【中山經・中次三經】

　　青要山的武羅是一位相貌怪異的山神，誰第一眼見到他都會被嚇着。武羅的面孔倒是人的樣子，五官也端正，牙齒特別潔白，只是上齶的牙齒外露着，每顆牙都顯得很尖銳。他的耳垂上掛着兩隻金銀環，左金右銀，頭髮根根豎長，渾身有着豹紋，腰身細小，紮着一條紫色的短褲裙，腰前飄兩條長長的紫帶，樣子看上去獸性十足。

　　但青要山的山民們並不覺得武羅的長相可怕。對於掌管這座山的武羅，山民們是滿意的、讚許的、崇敬的、頂禮膜拜的，尤其是山民中的女眷，對武羅的喜愛是由衷的、虔誠的、無以復加的。武羅的長相好壞已被忽略。

　　單單瞧一下每年青要山祭祀武羅山神的儀式，就可知道山民們對武羅是多麼熱愛、多麼敬仰了。

　　九月初九是祭祀武羅山神的日子，這天，山寨的男女老少都必須到一條叫畛水的河中沐浴潔身，然後人人耳夾一朵黃色荀草花，項掛一串荀草紅果，在供桌上擺上一隻開膛的公羊和一塊吉玉，還用一隻公雞和一隻鳥來獻祭，其上還插一束開着黃花、結滿紅果的荀草。隨着男女祭師引頸而歌，山寨中的男女老少都仰着頭，雙臂張開，齊聲唱着：「武羅

山神呀，尊崇的大神，你是天帝的使者，恩澤山寨生靈，惠沐山寨子孫，我等感恩戴德，感激涕零呀，武羅山神呀，尊崇的大神！」這聲音在山谷中盤旋滾翻，如雷霆萬鈞，驚天地，泣鬼神。

這時，青要山頂金光萬道，武羅山神現出真身了。山民們不再頌唱了，都伏拜在地上叩頭不止。

武羅山神的真身一眨眼功夫就隱去了。瞬間山民中有人敲起了樹皮鼓。按照鼓點兒的節奏，祭司領着眾山民舉着稻穀和火把跳起舞蹈來。這一陣狂歡要到晌午才能結束。最後的儀式是把獻祭用的公雞埋在地下，再撒上祀神用的稻米。然後，一個大漢把那供桌上的鳥舉在頭頂上，眾人尾隨而去，走到畛水河邊，將鳥放生。緊接着山民們又高聲喊叫起來。

誰都看得明白，在祭祀儀式中，有兩件供品是山民們特別安排的，一是荀草，一是鶓鳥。

這荀草與鶓鳥也是武羅特別看重的心愛之物。

這青要山人傑地靈，非一般山寨。

在密林深處，有隱祕深邃的天帝的密都，也就是天帝的行宮，然而誰也不知道天帝的行蹤，只知道天帝來時山寨奇香撲鼻，深夜有光。另外，這裏還是大禹父親變成黃熊的地方。如此說來，此處是大神大仙出沒的地方。山野沾着神氣仙氣，松杉高聳入雲，林間有千年白鹿出沒，長有奇花異草，還有野鵝、蝸牛、像馬蜂一般的蒲盧以及荀草與鶓。

其中最神奇的要數荀草與鶓。

　　這荀草，形狀酷似蘭草，葉中長有花莖，莖幹呈方形，花莖枝頭開着鵝黃色的五瓣小花。倘若喝下用此草的根、莖、葉、花瓣熬成的湯，女人的臉蛋會變得漂亮非凡。青要山的女人們自幼喝荀草湯，因此她們不論老少都非常地標緻，哪怕是百歲老嫗也都細皮嫩肉，美到終了。

　　這鴢鳥長在畛水河中，外形像野鴨，青色的身子，淺紅色的眼睛和深紅色的尾巴。女子若食其肉，不孕者會添子育女，能孕者會兒孫滿堂。女人自然喜食其肉，以致青要山人丁興旺。

　　武羅日常的心思都在這草、這鳥上。

　　武羅常隱其真身，幻化成紫衣少女飄蕩在荀草坡上。通常是在凌晨，天色還未大亮，紫衣少女便出現了。荀草坡是一個十分開闊的地帶，這裏的荀草一直延伸到高高的懸巖上。夏日的時候，晨露在荀草尖長的葉片上和鵝黃的花瓣上閃着亮光，清新的淡淡香氣在荀草坡上流淌着，山野裏寂靜無聲。紫衣少女在荀草叢中飄來飄去，為荀草清除害蟲，並用松枝葉蘸着綠色玉瓶中的泉水為荀草澆灌。太陽在懸巖上露臉的時候，晶瑩的露珠瞬間蒸發，紫衣少女就消失了。山民中傳說，有些人曾見到過紫衣少女，都說她美豔非凡；還傳說，山民白天在荀草坡上見到過一隻很大很大的七彩蝴蝶，也是武羅變的。武羅的光輝始終罩着這片荀草。

　　畛水河上的鴢鳥，常隨一個牧童模樣的童子游弋着。這牧童踩在水面上懸浮不沉。牧童向東，鴢鳥群就東游；牧童

向西，鸙鳥群就西游。雖然是牧童在河中牧鳥，但山民又都說，這牧童是武羅的化身。

武羅就這樣看護着這草、這鳥。

但生活中總會有意外。

一天，武羅變的紫衣少女如往常一樣來到了荀草坡。然而，武羅看到荀草葉片與花莖零亂紛雜，草叢中散落着枯萎的花朵，似乎經歷了一場浩劫。武羅不禁眉頭一皺，臉色一沉。在武羅的記憶裏，這種情形是不曾有過的。青要山風調雨順，無天災兵難。山民在採摘荀草的花、葉、果時也都小心翼翼，屏住氣息，不敢說話，都視這荀草為天賜仙品，不會做出有辱神靈之事。是誰膽敢如此猖狂？！

荀草的花莖上趴着一隻小小的蝸牛，這是土生土長的青要山純種蝸牛，有着褐色螺旋斑紋的殼，有四根柔軟的觸角，在同樣軟軟的頭下，有一條細長的舌頭，舌頭尖上有鋒利的細牙，牠就是靠細牙來刮食植物的。非常明顯，荀草的劫難是蝸牛造成的，牠是作案者，是罪魁禍首。

武羅捏捉住了這隻蝸牛。蝸牛的觸角與柔軟的身體不由得往殼裏縮去。他憤怒地把蝸牛摔在了腳下，踩了踩。那蝸牛的殼很脆，一下子就碎了，牠柔軟的身體也被踩扁了。但是，這都無濟與事。入侵荀草坡的蝸牛是千軍萬馬，草叢的每一個間隙中都爬滿了蝸牛，荀草的葉、花莖、花朵、紅果上都是啃食的蝸牛，導致荀草葉片缺角，滿是孔洞，花莖幾乎被折斷，紅果上出現疤痕，花瓣落滿山地。武羅痛心疾

首，仰天怒吼，頓時現出真身，如山豹般齜牙咧嘴，兇相嚇人。武羅的聲音好似玉石在碰撞，清脆響亮，他連吼三聲，頓時天色暗下來，初升的太陽被遮蓋了，有一片黑壓壓的烏雲飄了過來，漸行漸近，到了武羅的頭頂，然後，撲騰騰的鳥兒從天而降。

這是成百上千隻鶹鳥。於此同時，武羅又變成了牧童。小牧童頭頂雙髻，披髮垂肩，戴着玄色玉珠項圈，身穿青衣短袖衫裙，赤着雙足。只見他撮起嘴唇向鶹鳥發出「嘟嘟」兩聲，鶹鳥群就聽話地撲向了蝸牛。這是一頓豪餐，不消片刻，荀草的葉片、花莖、花朵、紅果上的蝸牛就被鳥吞食乾淨了。

小牧童又一揮手，鶹鳥們就呼啦啦地飛走了。

荀草經歷的這場浩劫是慘重的，幾乎每株草都受到了不同程度的傷害。此刻，武羅又恢復了紫衣少女的打扮，他變得嫵媚溫柔起來，用纖細的小手輕輕撫摩着受傷的荀草，荀草顫動了一下，葉片、花莖、紅果微微地搖晃起來。奇異的事情發生了：被咬啃得凹陷的紅果、有孔洞的葉片、殘斷的花莖，須臾間又都完整無缺地恢復了原來的樣子。一陣輕風吹過，荀草響起了「沙沙」的響聲，荀草坡又生機勃勃了。

這場災情是一隻迷路的蝸牛帶來的。蝸牛生長的巢穴與荀草坡相距甚遠，單憑蝸牛的爬行要半年以上才能到達，因此，在青要山的歷史上，從未發生過蝸牛入侵荀草坡的事。而偏偏這隻蝸牛迷失了方向，在爬行半年之後到達了荀草

坡，發現了這麼可口的食物，一頓飽餐，之後又用牠的腹足緩慢行走，留下了一條黏液閃光帶。又半年後，蝸牛回到巢穴，在那里拉了一攤綠屎，引來成百上千隻蝸牛逐聞綠屎。綠屎雖不甚新鮮，但氣味還是誘人的，就這樣，蝸牛隊伍沿着迷途蝸牛留下的黏液閃光帶，用觸角嗅着氣味準確無誤地到達了荀草坡。蝸牛們在狼吞虎嚥時，卻遭到了滅頂之災，因貪食而喪身，再也回不去了。也因此，青要山的蝸牛差點兒絕種滅族。

常言道，禍不單行，第二天凌晨又發生了一件怪事。武羅化身的紫衣少女為眼前的景象犯了愁：荀草坡的每株荀草都被一種彎彎草纏繞着，這草沒有葉片，草莖上長滿了毛絨絨的刺，草莖頂有一喇叭狀的黃花。武羅覺得，彎彎草會把荀草纏死的。武羅用手拉開彎彎草，手指被刺得又痛又癢，而且手一鬆那彎彎草又纏上了荀草，像活的小蛇一般。武羅想，真是奇怪的草呀，荀草這般柔嫩，怎能經得起這般死纏，不除掉它不行！

武羅當即決定還是讓鴗鳥來，把彎彎草除了。武羅性子很急，一急又現了原身，兇形畢露，如山豹般昂頭吼了三聲。他的喊聲很靈驗，那群鴗鳥又都出現了。武羅也隨即變成牧童的形象。牧童武羅嘴裏發出「嘟嘟」兩聲，鴗鳥便一哄而上，張嘴啄食彎彎草。鴗鳥從彎彎草的根部啄起，一啄根就斷了，再三扯兩扯的，一株彎彎草就躺在地上了，那斷了的彎彎草像斷了身軀的蚯蚓般扭動着。武羅覺得很奇怪。

奇怪的事情還有：鴆鳥剛停下啄食，那斷了根的彎彎草就又長了出來。鴆鳥不依不饒，繼續埋頭啄草根，根斷了，再長，長了，再啄，沒完沒了。武羅覺得此草蹊蹺，細瞧，發現那被啄斷的根部冒着水，再看，這水是透明、晶瑩的，不像是尋常草流出的汁液。那是眼淚！彎彎草會流眼淚。武羅隨即又發出「嘟嘟」兩聲，鳥停止了啄食。武羅手一揮，鳥「呼呼」地飛走了。

這時武羅現出了真身，對彎彎草說：「你是仙，還是妖？快快現身吧。」

彎彎草斷根的地方繼續冒出新草來，與此同時，噴出一團霧氣，霧中滾出一個童子，伏地而拜，口內諾諾有詞：「大神恕罪，小仙是繞鳳草，與荀草仙子三百年前同洞所生，洞主是百草大仙。洞主預言，荀草近日有難，派小仙前來護衛。」

那荀草也升起一團霧氣，霧中跳出一個童女來，同樣伏地而拜，口稱：「多虧大神日夜悉心照料，小仙荀草才得以安生。剛才繞鳳草所言極是，萬望大仙明察。」

武羅明白了眼前的一切，原來荀草與繞鳳草都是有來歷的仙草。

武羅又問繞鳳草：「荀草將有何難？」

繞鳳草說：「天機不可泄露，兩日之內必有事。」

武羅不再追問。

兩日之後，果然，蒲盧蜂鋪天蓋地地飛來，成群結隊地

撲向荀草坡。這蒲盧蜂有毒刺一根，插進草木之莖，草木立即枯死，不能復生。武羅見狀，知此蜂群來襲，背後定有高人施術，他須靜觀情勢。

荀草坡上淡雅的荀花香味中夾帶着繞鳳草花濃烈甜蜜的氣味，蒲盧蜂的攻擊被繞鳳草的毛刺擋了回去，轉而被繞鳳草花蜜的香氣誘惑了，湧向了繞鳳草喇叭狀的黃花中。蒲盧蜂進得來但卻出不去，因為繞鳳草的花粉十分黏稠，一旦黏上就飛不走了。只見蒲盧蜂越來越稀少，最後一隻也沒剩下。武羅心中不禁為繞鳳草叫好。

蜂群被滅之後，一眨眼間繞鳳草就消失得無影無蹤了。

荀草坡又恢復如初。清涼的山風拂過，荀草是那般搖曳多姿。

就在武羅慶幸荀草坡片草無損地平安逃過一劫時，忽起一陣陰風，風停之後，有一臀部肥大、白胖的婦人搖搖擺擺地走到他的面前。

婦人不容分說劈頭蓋腦地手指武羅的鼻子叫了起來：「你就是惡神武羅吧！」

武羅說：「在下並非惡神！」

婦人說：「你看看你的面孔，青面獠牙，齜牙咧嘴，一臉兇相，能是什麼好貨色！」

武羅說：「大娘，不可以貌取人、出口傷人。在下從不行惡！」

婦人說：「武羅，你還不行惡？嘴硬呢，你滅了山中的

生靈蝸牛和蒲盧蜂。世上的生靈都是天帝所賜，你讓青要山生靈斷子絕孫，你可知罪孽？你還有何話可說？」

武羅說：「大娘錯怪在下了，蝸牛吞食荀草，殘毀青要山仙草，我豈能坐視不管？蒲盧蜂毒滅仙草，自食其果，罪有應得呀！」

婦人說：「不與你這兇神爭辯了！蝸牛與蒲盧蜂都是本洞主的寶物，被你毀了，你要賠我。」

武羅說：「我拿什麼賠你？蝸牛被鴟鳥吃了，蒲盧蜂鑽進繞鳳草的花裏去了。我賠不了，敢問大娘何方神靈？」

婦人說：「我乃千年白鵝精，不賠的話，休怪我動手了！」

武羅一聽，這場荀草禍事的幕後主使原來是白鵝精，便雙手一拱說：「原來是白鵝大仙，得罪了！得罪了！」

這婦人不再言語，搖身一變，變成了一隻巨大的白鵝。這是一隻比一頭牛還要大兩倍的白鵝，牠的脖子伸得很長很長，只見牠用長長的扁嘴這麼一掃，半個荀草坡就被吃得精精光光。

武羅怒從心頭起，忍無可忍，取下了他耳垂上的金環、銀環，這是萬不得已才用的雷霆萬鈞之物。武羅將金環與銀環相互撞擊了一下，霎時電光閃耀，劈雷炸響，隨後狂風大作，天昏地暗。一陣地動山搖之後，那隻白鵝就粉身碎骨，化成了粉末飄散而去。這個千年白鵝老妖精就這麼死了。

一切安息下來之後，武羅再看看荀草坡，那裏已經慘不忍睹，被白鵝精啃掉的一大片荀草已寸草不見，露出了黑黃

的山土，未被白鵝精傷及的荀草也被狂風颳得東倒西歪。武羅痛心至極，一頭栽在了光禿禿的山地上，伏地大哭起來，哭得昏天暗地。武羅的淚水泉湧而出，把山土都潤濕了。

神奇的事情發生了：禿地上陡然冒出了一株一株荀草，而且見風就長，瞬間就長出了一片新的荀草，倒塌的荀草也都挺拔筆直了。武羅停止了大哭，抹掉了臉上的淚水、鼻涕，又突然滾在地上大笑起來。武羅轉悲為喜，連荀草仙子們也「咯咯」地偷笑起來。荀草叢裏聽到的都是竊竊的笑聲。武羅害羞地悄悄飛走了。

後來，因為鴉鳥吃了繞鳳草，變成了一對一對的鴛鴦。鴛鴦生下了許多蛋，從此，青要山的女人不再食鴉鳥，而只食鴛鴦蛋了。

《中山經·中次三經》

原文：又東十里，曰青要之山，實維帝之密都。北望河曲，是多駕鳥。南望墠渚，禹父之所化，是多僕纍、蒲盧。魅**武羅**司之，其狀人面而豹文，小要而白齒，而穿耳以鐻，其鳴如鳴玉。是山也，宜女子。畛水出焉，而北流注於河。其中有鳥焉，名曰鴢，其狀如鳧，青身而朱目，赤尾，食之宜子。有草焉，其狀如葌而方莖，黃華赤實，其本如藁本，名曰**荀草**，服之美人色。

譯文：再往東十里是青要山，也是天帝的密都。向北可望黃河拐彎處，那裏多野鵝。向南可望渚，那裏是大禹的父親鯀變化為黃熊的地方，有很多蝸牛、蒲盧。山神武羅掌管這裏，他長有人面，渾身長着豹子斑紋，腰身細小，牙齒潔白，耳朵上還穿着金銀環，聲音像玉石在碰撞。此山適宜女子居住。畛水發源於此，向北注入黃河。水中有種禽鳥，叫作鴢，其外形像野鴨，青色身子，長着淺紅色眼睛和深紅色尾巴，吃了牠的肉能使人子孫興旺。山中有種草，形狀像蘭草，有着方形的莖幹，開黃花，結紅果，根像槁本，叫作荀草，服用它能使人氣色紅潤。

《中山經·中次三經》

原文：其祠：泰逢、熏池、**武羅**皆一牡羊副，嬰用
吉玉；其二神用一雄雞瘞之，糈用稌。

譯文：祭祀諸山山神：泰逢、熏池、武羅三位山神，用
一隻開膛的公羊和一塊吉玉來祭拜；其餘兩座山的山神是用
一隻公雞獻祭後埋入地下，再撒上祀神用的稻米。

武羅（清·蔣應鎬圖本）

武羅是掌管天帝的密都青要
山的一位山神，他長有人面，渾
身長着豹子斑紋，腰身細小，牙
齒潔白，耳朵上還穿着金銀環，
聲音像玉石在碰撞。

泰逢

張錦江 文

吉神泰逢司之，
其狀如人而虎尾，
是好居於蕡山之陽，
出入有光。

【中山經‧中次三經】

泰逢為孔甲的愚蠢惡行而勃然大怒。

泰逢是和山的山神，孔甲是和山的國王。

泰逢一怒就會狂風大作，電閃雷鳴。

這天，孔甲帶着三五個隨從正在和山的密林中狩獵。孔甲的坐騎是一匹棗紅馬。和風麗日，天高雲淡，正是狩獵的好日子。孔甲長得俊秀、瀟灑，一頭披肩長髮，鳳眼亮目，穿着一身豹甲、豹裙，策馬飛馳，舉一彎雕龍藤弓，射出一支支繡龍頭竹箭，追逐着野豬、野兔、野鹿。

年輕氣盛的他，這會兒正興致勃勃，如旋風一般，緊緊追逐着一隻白狐。白狐全身長着銀雪似的絨毛，頭顱精巧，腿足纖細，奔跑起來輕盈得像一團閃亮的白焰，飄飄忽忽，蹤跡難以捉摸。孔甲追到一株老槐樹下，這株樹高百丈之上，樹的主幹五六人合圍不過來，樹皮已龜裂，枯竭的部分正在剝落，露出光滑的樹幹，那裏有一個很大很大的空洞，而高處的枝頭上卻有一束束嫩嫩的綠葉。這綠葉如蓋似的，顯出老樹的生機。這是一株千年老槐。

白狐跳進洞中不見了。

此時，天氣陡然驟變，狂風大作，電閃雷鳴。為了躲避雷電與狂風，孔甲也帶着隨從爬進了樹洞。樹洞並不深，

有半截人高，腳一下子就能探到底，踩到的地方也都堅如硬石。可是誰能料到，眾人剛進洞內，便聽得一聲炸雷，孔甲的隨從一個一個倒了下來——他們遭到了雷擊。洞中有了一股燒焦的氣味。單單孔甲毫髮無損，他摸摸躺着的隨從，手指在他們鼻孔處探了探，好像沒了氣息，這使他驚嚇不已。孔甲驚魂未定，欲爬出洞去，一想，此時到何處能得安生？還不如留在洞內聽天由命，待雷停風止後再說。

那匹棗紅馬是好馬，留在洞外守候着自己的主人。牠並不懼雷電狂風。

孔甲全然沒察覺到這泰逢作法的怒火是衝着他來的，以為這只是平常的天氣變化而已。

在黑暗之中，孔甲並不膽怯，他畢竟是一山之王，又有百步穿楊之箭術，手持弓箭為他壯膽不少。突然，他的眼前閃過一道光焰，那不是閃電，而是那隻白狐。失蹤在黑洞內的白狐，又重新現身，這讓他驚喜不已，甚至忘記了自己身陷困境。在光焰的地方，還有一個洞口。孔甲對神靈格外感興趣，他覺得這隻白狐非神即仙。他向白狐走去，白狐若隱若現，他緊跟而去。洞口較狹，須低首而入。一進洞口，孔甲眼前一亮，但見洞內十分敞亮，有一座美玉宮，分外眼熟，再看，原來是孔甲自己所居的王宮。

這和山有五重山脈相連，只有一處絕巖峰有古老密林，餘下的山野中不生花草樹木，但有九條河水繞山流過，匯合後向北注入黃河。有水必生玉，這滿山遍野都是瑤玉、碧

玉，水中又有蒼玉。孔甲就在一處臨水向陽的山坡上建了一座美玉宮。此刻，美玉宮怎麼出現在這老槐樹樹洞之中呢？奇怪呀！

孔甲的美玉宮很是特別，牆體上嵌着用白色的瑤玉和綠色的碧玉雕成的蘭花，有四條用青綠色的蒼玉雕成的龍在牆體的四角盤旋而上，四龍的龍首高昂在宮頂之上，長長的龍鬚繚繞盤旋，栩栩如生，似真龍一般。

白狐進了美玉宮。

孔甲也跟了進去。

宮內的裝飾也以龍的形象為主。牆壁四周的玉壁畫雕的是龍，王的御座是玉龍椅，宮內二十根玉柱盤着龍，用品器具上雕着龍，連王妃的玉鏡、梳妝枱上都有活靈活現的龍飾。

孔甲喜龍，孔甲愛龍，孔甲嗜龍如命。他做的夢也與龍相關，他非常希望哪一天自己能有條真龍。

泰逢深有所感：這山王該是龍痴了。每年祭祀山神，孔甲都號召山民們以龍為主題設計祭典。祭祀那日，山民們必須人人製作一款龍燈，準確地說，是一種龍形的火把，手柄是一根長長的圓棍，圓棍的頂端鑲嵌着一條雕龍，雕龍的背上是浸透了桐油的白茅草，點燃之後像一條騰飛的火龍。山民們對龍很是崇敬，又因山王的指示，他們往往提前三四個月便開始製作龍燈了。雕龍的形狀也是千奇百怪，有張牙舞爪的龍，有靜臥閉目的龍，還有長翅的飛龍……這些精緻絕頂的龍，盡顯了山民對龍的赤誠之心。為了不使雕龍被火

燒毀，山民們都用絕巖峰密林中的不燃梨木製作火把。祭祀的最高潮就是舞龍了，山民們排成連綿不絕的好幾里長的隊伍，舉着龍燈揮舞起來。山野中火光閃爍，再加上樹皮鼓聲和歡呼的人聲，五重山嶽、九條河流都轟轟隆隆的。這時，山神泰逢出現了。他的四周白光奪目，祭祀的人們都無法正視他，誰也說不清泰逢山神長什麼模樣。祭祀結束後，孔甲挑選若干好的龍燈收藏起來，用玉石砌一屋陳列其中，稱為龍屋。

孔甲好龍，這讓泰逢多次感歎。

此刻，孔甲無心賞玩突然出現在面前的美玉宮，也無暇回顧往日祭祀時的舞龍盛景。

他目不轉睛地追尋着那隻白狐。

白狐將他引到這裏究竟何意呢？

白狐就在眼前不遠處。此時，出現了兩個人。

令他詫異萬分的是，這兩個人中一個是與他長得一模一樣的孔甲，另一個是泰逢。孔甲想起，他第一次見到泰逢真身時的情形。泰逢形象怪異得讓他馬上想到了鬼怪：只見泰逢頭頂光亮，兩束桃狀的頭髮分撥兩邊，遮蓋住了耳朵。他有一張圓臉，眉目倒還清秀、慈祥。上身着一束袖青色長衫，胸上紮牛皮夾圍，往下是皮質腰紮，再下面是粉紅裙擺，還有一條長長的老虎花斑尾巴，赤着一雙腳。

當時的孔甲突然見到這般怪物，驚異萬分，便問：「你是妖還是怪？」泰逢說：「我像妖還是像怪？」

孔甲說：「既像妖又像怪。」

泰逢說：「我想，你就是孔甲王吧？」

孔甲說：「正是。如果你是妖或是怪，是否想把我吃了？」

泰逢說：「孔甲王，我不會吃你。我想問你，你每年祭祀的是妖還是怪？」

孔甲說：「既不祭祀妖，也不祭祀怪，祭祀的是山神泰逢。」

泰逢哈哈一笑：「本神正是泰逢。」孔甲一聽面前站着的居然是山神泰逢，隨即撲地便拜，口內唸叨：「小王有眼不識泰山，大神恕罪。」

泰逢手一擺：「孔甲王起來，起來，本神不是來治你罪的，而是給你送禮來的。」孔甲心想：「我何德何能，山神上門給我送禮？」

泰逢將孔甲扶起，說：「念你好龍成性，本神去天界面見天帝，向天帝稟報你的好龍德性，求天帝賞天龍兩條，一雄一雌，雄龍叫天，雌龍叫地。明天凌晨天降二龍在美玉宮前，你派人守候，待二龍降至，用玉池好生豢養。我走了。」孔甲大喜，又搗蒜般伏地磕頭不止。泰逢化作一道白光走了。

這一幕的重現，使孔甲憂心忡忡，他已意識到自己將會陷入一個從未有過的絕境，臉色黯淡下來。然而，另一個孔甲還伏在地上沒有起來。他走上前去，下意識地用手碰了一下另一個孔甲的頭，發覺手碰到的地方什麼感覺也沒有——

那人是個幻影。再摸，那人消失了。他又摸摸宮壁，也是空氣一樣，什麼也沒有摸着。

白狐說話了——白狐能說人話，這又是件奇怪的事。白狐說：「那是人心的幻影。但凡人做過什麼事，心的幻影就印刻在心的深處，永遠不會再消失。你做過的事只有你自己清楚，不管是好事還是壞事，都會在心裏留着的。跟着我，繼續往前看吧。」

白狐輕盈地跳了一下。

孔甲扭頭的瞬間，那座美玉宮不見了。

隨即，他見到的是一個很考究的玉池。玉池用瑤玉、碧玉雕成了荷花狀，綠葉托着白色的荷花，像真的一般。玉池裏裝滿了水，養着兩條龍。

有一個人跪在玉池旁「嚶嚶」地哭泣着。

孔甲一看，那不是被他殺了的、為他養龍的劉累嗎？

「劉累已死，怎麼又現身？定是鬼魂再現。」孔甲心想，於是慌忙走開。

白狐說：「走不得！」

孔甲的雙腿就如灌鉛一般走不動了。

只聽劉累低聲哭着說：「龍呀，我本是一個廚子，弄一桌飯、炒兩個菜可以，哪會養龍呀？我哄孔甲王說我祖上跟豢龍氏董父學過養龍術，孔甲王還賜了我一個官名『御龍氏』。其實，這都是編的故事。我哪知龍愛吃什麼，只是在為孔甲王做菜時多做兩份，孔甲王愛吃什麼，就給龍吃什

麼。王吃的飯菜該是好的吧，每頓不是麑子肉，就是大王蛇肉，哪曉得把龍餵死了。龍呀，我怎麼辦呀？！不是我廚子狠心呀，死龍的肉只能剁成肉醬給孔甲王吃了。」

孔甲知道，死了的這條龍是名叫「地」的雌龍。孔甲並不知這廚子劉累會編故事騙自己，而且吃了他做的龍肉丸，自己一點兒也沒察覺出來。平心而論，那龍肉丸的鮮美會讓人丟魂的。他雖年輕，但也幾乎吃遍了和山所有的山珍野味，連幾十里之外的山豬狀的飛魚他也吃過。據說，吃了這種魚的肉，就能使人不怕打雷，而且還可避免兵刃之災。想想剛才入洞前遇見的電閃雷鳴，他確實沒有畏懼的感覺，那麼兵刃之災能免嗎？

他想起了吃龍肉丸的情景。

廚子端了一隻玉碗進來，甜糯糯地說：「王呀，看我為你做了一碗什麼神仙丸湯呢？」

孔甲說：「什麼神仙丸湯？」

廚子說：「王呀，你別問，你先吃。不好吃的話，王呀，你就懲罰我。」

孔甲捧過玉碗喝了一口湯，呷呷嘴：「這湯好鮮。」

廚子說：「王呀，吃吃肉丸。」

孔甲用玉匙盛了一隻丸子咬了一口，舔了舔嘴唇，連聲讚道：「這肉丸鮮嫩柔滑，真的，這種味道我這輩子還沒有吃過。」說完便一股腦兒地把一碗丸子吃完了。

廚子說：「王呀，這神仙丸吃下去，不成神仙，也是半神半仙。」

泰逢

孔甲說：「哪有這等事？」

廚子說：「王呀，不瞞王說，王吃了龍肉。」

孔甲大驚，說：「你怎不早說？」

「王呀，這龍被我養死了，怕你怪罪我，殺了我。我想，不如把死龍的肉剁成肉醬做成丸子給王吃，補補身子。」廚子跪下來哀求道，「我有罪，要殺要剮隨便王處治吧……」

孔甲說：「龍肉是我吃了，我不殺你。但是還有一條龍，要養好。」

孔甲凝神不動，往事歷歷在目。

白狐說：「不知故者，不為過。再往前走。」

白狐往前一閃。

剛才的一幕又不見了。

孔甲隨白狐走過一條狹長的彎道，來到一個小花園中。他定睛一看，這不是他的玉園嗎？怎麼到了這裏？這玉園何等豪華，每株樹、每株花都是用瑤玉、碧玉、蒼玉精雕細刻而來的，閃閃爍爍，玉光奪目。孔甲常獨自在玉園之中玩賞散步。

孔甲怎麼也沒有想到，他與廚子在玉園中的一次密談，現在全暴露在光天化日之下。

只聽玉園中的另一個孔甲說：「劉累，另一條龍養得怎樣了？」

廚子說：「回王話，雌龍死了，這雄龍好像也生了病，

多日不吃不喝，我也不知道該怎麼辦，請王示下。」

孔甲沉吟片刻說：「劉累，不行的話把牠也殺了吧。」

廚子說：「王呀，我不敢，活龍豈能殺呀，這是大逆不道的啊。」

孔甲牙一咬說：「劉累，你知道嗎？上回那條死龍你瞞着我讓我吃了，你害了我，你知罪嗎？」

廚子跪在地上說：「知罪，知罪，罪該萬死，謝王不殺之恩。不過，我並無害王之心。」

孔甲說：「劉累呀，你想過沒有，我自吃過龍肉丸後，一想起龍肉丸就要掉口水，龍肉丸把我的魂都給勾了去，你不是害我嗎？」

廚子把頭磕得「咚咚」響以表忠心：「我只想讓王補身子，沒有二心。不能冤枉我呀！」

孔甲說：「劉累，這條雄龍思念雌龍，早晚要死，不如趁牠沒有死先殺了，新鮮的龍肉丸子一定味道更鮮美。去吧，殺了牠。」

廚子說：「王呀，饒了我吧，求求王！」

孔甲說：「馬上去辦，不然我殺了你！」廚子嚇得連滾帶爬地溜走了。

此刻，孔甲見私密已泄，早已無地自容，臉色青一塊白一塊，垂首而立。

白狐說：「要想人不知，除非己莫為。你這是自作自受，自走絕途！再往下看吧！」

玉園瞬間消失得無影無蹤，先前的養龍玉池又顯現出來。

只見池旁團團圍着三百武士，這是孔甲命劉累殺龍的第二天。誰知，當天劉累離開玉園之後，就連夜逃往河南魯山，半途被孔甲派人殺了。

孔甲第二天一早就派武士前去捉龍屠宰。一武士拔出龍池木塞，池水「嘩嘩」地流逝，不一會兒就流乾了。三百武士爭先恐後地跳入龍池捉龍。天龍雖拒食數日，瘦骨嶙峋，眼窩凹陷，尾鰭塌伏，但龍畢竟是天庭靈物，神通廣大。只聽龍吼叫一聲，龍頭高昂，雙目圓瞪，龍鬚根根豎起，怒張大口，露出兩根鋒利的長牙，伸出四爪尖甲，翻身一搖，三百武士全被捲壓在其身下，死於非命。頓時，天昏地暗，大雨滂沱，龍騰雲而去。雨越下越大，電閃雷鳴三日方息，五重山嶽中的九河氾濫，淹沒民舍無數，山民被洪水圍困，露宿山巖，怨聲載道。

眼前一片悲慘景象。孔甲已面如土色，雙目失神，驚恐萬分。

白狐說：「人逃不脫色食二性。你犯了人中的貪婪大惡，因好食而殃及黎民，吃了地龍還想吃天龍，你是食膽包天呀！」

池龍已經不在，雷電依舊不息。

突然，一聲炸雷響起，白狐在地上一滾，萬道白光陡然把洞中照得如同白日。白光中閃出一神，正是泰逢。

孔甲酥軟如泥，癱倒在地上，眼淚鼻涕都流了出來，呻

吟求饒：「大神饒命，大神饒命……孔甲一時糊塗，做了天理不容、大逆不道之事，求求大神放條生路吧。」

泰逢說：「孔甲，你就聽聽那些昧着良心在人世作惡的人在地獄中的聲音吧！」

突然，四周響起了淒厲的哭喊聲、痛苦萬狀的號叫聲，聽起來讓人毛骨悚然，不寒而慄。

孔甲早已嚇得靈魂出竅，魂飛魄散。

泰逢說：「欠債總是要還的，為惡者總是要受到嚴懲的。」

泰逢說完，幻化成一道金光飄走了。

孔甲驚魂未定，匍匐着往洞口爬去。待他爬出洞口，洞外風停雨止，陽光燦爛，他的隨從都守候在洞口，原來他們並未被雷擊斃，只是被擊暈了而已。他們見到孔甲王氣喘吁吁地爬回來，趕緊把他扶上棗紅馬。馬沒走幾里，孔甲王就斷了氣。

故事取材

《中山經·中次三經》

原文：又東二十里，曰和山。其上無草木而多瑤、碧，實惟河之九都。是山也五曲，九水出焉，合而北流注於河，其中多蒼玉。吉神**泰逢**司之，其狀如人而虎尾，是好居於萯山之陽，出入有光。泰逢神動天地氣也。

譯文：再往東二十里，是和山。山上沒有花草樹木，多瑤、碧一類的美玉。這座山迴旋了五重，共有九條河水從這裏發源，匯合後向北注入黃河，水中多蒼玉。吉神泰逢主管這座山，他的樣子像人，長着一條老虎的尾巴。泰逢喜歡住在萯山的陽面，每次出入時都會發光，還能興風佈雨。

泰逢（明·蔣應鎬圖本）

傳說晉平公在澮水曾遇見過泰逢，狸身而虎尾，晉平公還以為他是個怪物。遇到過泰逢的還有一位夏朝的昏君孔甲。相傳，一次孔甲在打獵時，泰逢出現，運用法力颳起了一陣狂風，頓時天地晦暗，結果使孔甲迷了路，就這樣懲罰了昏君。

不廷胡余

張錦江 文

南海渚中，

有神，人面，

珥兩青蛇，踐兩赤蛇，

曰不廷胡余。

【大荒南經】

　　南海有一個島神，是天帝黃帝封賜的大荒南沙洲神，封號「不廷胡余」，庇護着南沙島、礁、沙洲共五十四座。

　　在他所管轄的島礁中，有一個島植物豐富，名叫椰島。不廷胡余就住在椰島上一柱峰的懸巖山洞內。

　　椰島上長着聖果綠玉椰。滾圓的椰果外皮是綠色的，倘若劈開椰果，裏面除了晶瑩的椰汁之外，還有一個玉色的球狀的芽果兒。椰汁清涼可口，芽果兒咬一口，鬆軟甜蜜。這椰果是島民日常果腹的食物。

　　這椰果的奇妙之處在於島民吃上一個，十天半月都不覺得飢餓；吃了椰果的人都長得壯實、高大，從不染病，還都壽添百歲以上，而且即使到了百歲也都如青壯年一般。

　　島民身輕體健，於是在島上建了一座座香氣撲鼻、椰殼疊疊的小屋。椰殼裏填滿山泥，雨水一淋，椰殼就會爆出新芽來。這樣的椰殼小屋冬暖夏涼，屋的牆面又是嫩芽翠翠，住得島民很是舒心。

　　島民離島時乘的是椰殼筏——椰殼曬乾後塗上椰子油，用椰枝條紮成供單人或多人乘的椰殼筏，輕盈而快捷。椰殼還可做成單槳的船，槳柄是用酸豆樹的豆莢做的。酸豆樹是

島上最老的樹，樹齡通常都在兩三百年以上。樹上結的豆莢像長長的彎刀，很是堅硬、結實，摘下來可敲擊腿腳，藉之健身，還可做槳柄。

島民的衣飾也來自椰樹。男人與女人都用羽狀的椰葉做成各色椰葉衣裙，衣裙如鳥尾與鳥翅；頭上還插着一支椰羽葉。女人們還會把椰殼雕成龜、魚、鳥形的椰殼飾品，掛在腰上，走起路來叮叮噹噹響；耳朵和頸部還會戴上椰殼耳飾與椰殼項鍊。

椰樹是島民們的幸運樹，或者說是他們賴以生存的生命樹。在相當長的一段歲月裏，島民們都平安而幸福地生活着。

而不廷胡余就是島民們的幸福神。

椰樹的蓬勃、茂盛，得益於不廷胡余耳朵上穿掛着的兩條青蛇與他腳底下踏的兩條紅蛇。每當夜深人靜時，他的青蛇就飛騰在椰林上空，張大嘴，口中噴出晶瑩的泉水來，泉水飛濺着化成細密的露珠兒落在椰葉、椰果上。於是，清晨島民們在椰林中不僅能聞到泉水的甜味，還能見到每片椰葉與每枚椰果上閃亮的露水珠兒。那麼紅蛇呢？紅蛇在椰樹下，用蛇牙咬碎椰樹根部的山土與山石，吐出黏黏的蛇涎，然後再將土蓋上。蛇涎浸潤到椰樹的細長的根鬚，它的神奇肥力就顯現出來了，所以椰島的每株椰樹都快速生長着。

島民們都愛戴自己心中的神，他們用椰殼製作成不廷胡余的神像供奉在椰屋內，椰島大大小小的石巖上也雕刻着不廷胡余的神像。不廷胡余的長相是那般美好：這是一個健美

而強壯的漢子，他的臉方方正正，飽鼻闊嘴，有着兩條粗短的濃眉，雙目炯炯有神，總是慈愛地微笑着。不廷胡余通常赤膊、赤足，下身圍一條虎皮裙，脖子上戴一條三角紅巾。

　　不廷胡余是個快樂的神，他酷愛音樂，用椰果殼與椰樹枝條做了一把琴，琴聲中有鳥叫聲、浪花飛濺的響動、輕風拂過的聲音……會讓聽者迷戀上。島民們知道了神的嗜好，每年祭祀山神的日子就變成了音樂的節日。祭神的歡樂都體現在島民們的歌舞之中。每每這時，空中響徹着不廷胡余的琴聲。篝火熊熊地燃燒着，島民們手牽着手圍着篝火唱着跳着。島民們用椰葫蘆吹奏的號子聲「嗚嗚」地響着。椰島歡騰了。椰島的祭祀還吸引了附近島礁的原住民前來參加。

　　在島民們最興奮的時候，篝火中突然閃現出一個女子來。這是一個嬌麗非凡的女子。她穿一襲藍色拖地長裙緩步而來，裸露的臉、脖子、手臂、腳踝都潔白如玉，皮膚粉嫩、柔滑，眉目清秀，有着精緻的鼻樑與小唇。她隨着不廷胡余的琴聲唱起來，那天籟般的歌喉一響，島民們的歡唱頓時停了下來。不廷胡余的琴聲與女子的歌聲繚繞交織在一起，像飛過的一隻夜鶯那般動人，像掠過夜色的一隻熒火蟲舞動出的柔和光線那般美麗。島民們被她的美麗與歌聲驚呆了。在燃燒的篝火發出的輕微的「劈啪」聲中，他們個個瞪着大眼，屏住呼吸看着女子，聽着柔和美妙的琴聲與歌聲，像丟了魂一般，僵硬地立着。

　　這時，不廷胡余現身了。他彈撥着椰琴，身上裹着一

團閃光的霧氣。島神的琴聲中有了傾慕的渴望，柔綿地飄蕩着。他越來越靠近藍裙女子了。篝火「噗」的一響，藍裙女子像一陣輕風一般，消失得無影無蹤了。

與此同時，不廷胡余身上那團閃光的霧氣也隱去了，島神一眨眼不見了。

島民們像突然醒了一般，又圍着篝火唱呀跳呀，空中的琴聲也還是響着。祭祀山神的儀式變成了狂歡。大家都意識到他們見到的藍裙女子一定是某個下凡的仙女，也依稀覺得他們心中的神對藍裙女子有某種好感與愛慕。這一認知讓島民們感動得不能自已，都發了瘋地喊叫嚎唱、手舞足蹈。

這場狂歡的祭祀一直延續到深夜，島民們才滅了篝火。不廷胡余的琴聲也才停了下來。

第二天，椰島是被不廷胡余的琴聲喚醒的。

海上出現了鈎鈎雲。島民們覺得這是不祥的預兆——風暴要來了。

椰島灘頭海浪的長舌越伸越遠了。

海上的天氣說變就變，未及一個時辰，海面上捲起撲天大浪，咆哮的風怒吼着，天空霎時烏雲密佈，天和海都黑了。海的大口張着，要一口吞了椰島，要一口吞掉椰島上的生靈。海水已不可阻擋地往島上湧來。

說時遲，那時快，巨浪還未來得及摧毀海灘附近的椰林，不廷胡余的琴聲就變得高昂激越了，兩條青蛇和兩條紅蛇聽懂了琴聲的意思，立即飛騰而去，化作堅固的巖石堤壩

圈圍住椰島，擋住了浪的去路。

椰島躲過了風暴。椰林絲毫無損地挺立着，沒有一隻椰果落在地上。

琴聲舒緩了下來，蛇化的石壩不見了。

島民們都朝一柱峰的懸巖伏地而拜，呼喊着：「救苦救難的神呀，大慈大悲的神呀，子孫萬代會記住神的善、神的恩！」

這時，不廷胡余注意到椰島的灘塗上有了新的動靜。他停了琴聲，裹着一團閃光的霧氣飛了起來。島神變成一個年輕的漁人降落到灘塗上，手裏拎着四條魚，那是蛇變的。

灘塗上的情景令人驚異。一群衣不遮體的男人在沙灘上蠕動着、呻吟着，顯然，他們遭遇了海上風暴。仔細一看，有八個人還都活着。這位年輕的漁人出現在他們面前時，他們先是恐懼萬分，但看到漁人溫厚地對他們微笑着，他們都放心地望着這個漁人。漁人用親切的聲音問道：「你們從哪裏來？怎會落水的？」八個人面面相覷，嘴裏發出「呀呀」的聲音——他們都是啞人，都不會說話。漁人詫異地問：「你們都不會說話？」八人都搖搖頭。

只見來了三個島民，溫厚的漁人對島民說：「誰都可能會遭遇不幸而落難，善良的島民呀，像親人般把他們安置好吧。」漁人丟下一條魚，又裹着一團閃光的霧氣飛走了。那魚在灘塗上翻跳着，變出了一堆椰葉圍裙。三個島民知道那個年輕的漁人是島神變的，就將椰葉裙分到落水者手裏，然後把他們安置在空閒的椰屋裏，並給他們吃了新鮮的椰果。

　　這個突然的變故，讓不廷胡余放心不下。他必須弄清這八個落水者的來歷：為何都是啞人？

　　不廷胡余腳踩着兩條紅蛇升騰而起，遠遠看去，只見一團亮霧在空中飄着。他彈起了椰琴，琴聲悠揚，帶一點婉轉的渴求。

　　海上有了回應，那是一個女子唱的動人心弦的歌，歌聲似乎來自遙遠的地方，又似來自近在咫尺的地方。歌詞聽不清，當然不知道什麼意思，但旋律又好似聽過那般熟悉。不廷胡余想起這是祭祀那天晚上那個藍裙女孩子唱歌的聲音，是的，一定是她。

　　他踩着紅蛇騰霧而去，向着女子歌聲的方向飛去。

　　不廷胡余的琴聲越發飽滿，像海燕般在浪尖上躥上躥下。

　　女子的歌聲激昂地穿透了蔚藍的天空，如海鷗展開了長長的翅膀，如離弦的箭似的飛着。

　　不廷胡余的琴聲與那女子的歌聲越來越近了。

　　不廷胡余聽到了自己心跳的聲音。

　　他遠遠地看到了一座海礁石。

　　也看清了那件飄拂的藍裙。

　　不廷胡余的琴聲如狂風暴雨般響着，顯得雜亂無章了。

　　突然，藍裙不見了。

　　不廷胡余發現這是一座無名的礁石。礁石的表面是光亮、油滑的。無論漲潮、落潮，它都凸顯着。礁石的四周水流十分湍急，水下有暗礁，水與暗礁的擠壓和碰擊就形成了

一個圍着礁石盤旋的強大的漩渦，漩渦的範圍可達五六海里。也就是說，倘若有船隻闖進這漩渦，頓時會被捲入海的深淵之中，船毀人亡。

就在藍裙消隱的時候，礁石四周的海水湧動起來，翻騰着浪花。這是遠洋的深海，海水是墨藍的，有生命在這墨藍中閃動着——南海最為罕見的藍豚。這是一群完美無缺的生物，有着可愛的尖喙，隆起的額頭，圓滑、流暢的身子，背鰭與胸鰭堅挺地豎立着，漸漸變細的尾巴尖端是平展的尾鰭，牠們的珍稀之處是其淺藍色的外表。

此刻，藍豚正圍着礁石轉圈圈。

牠們很是歡快地嬉戲着，發出嘹亮、悠長的海豚音。這聲音在波浪的起伏中繚繞着。

不廷胡余敏銳地捕捉到海豚音的旋律。他的琴聲隨着海豚音的節拍彈奏着。

藍豚群在波浪中跳躍歡騰着，然後快活地昂起了頭，整齊得像一隊士兵。琴聲舒緩的時候，藍豚都朝天仰着，露出白白的肚皮，只有尾鰭輕輕地搖擺。海豚音陡然穿透雲霄，海豚群像接到命令一樣，都翻轉身去，一下子鑽進了海水裏，海面上留下了許多白色的泡沫，藍豚不知所蹤了。琴聲與海豚音卻沒有停下，白色的泡沫還未退盡時，藍豚群又從另一處躍出了水面。於是，藍豚的音樂舞蹈繼續進行着。顯然，藍豚自由奔放的音樂舞蹈，都是在一頭嬌小藍豚的帶領和指揮下進行的。毫無疑問，牠就是藍豚的頭領。海豚音也

正是出自牠之口。不廷胡余可以斷定，這嬌小的藍豚就是那位藍裙女子所變。

讓不廷胡余慶幸的是，他的琴聲與海豚音是那般合拍、融洽，藍裙女子沒有拒絕他的意思，而是配合得自然而然、天衣無縫。有種說不出的喜悅之情暖暖地流遍他的全身，他感到骨頭裏都好像在冒着泡沫。

不過，不廷胡余還是看到了礁石的石縫裏嵌着一副船板的殘骸。島神疑惑起來：這藍裙女子是妖還是仙呢？椰島灘塗上八個落難的啞人是藍裙女子所害？不廷胡余警覺起來，停止了琴聲。他甚至想，如果這藍裙女子是害人的妖女，他一定會除掉她。

不廷胡余突然離開了礁石與藍豚群，他又變成了一位年輕的漁人去找那些落難的啞人。啞人中有一領頭的，大概是船老大，是個精瘦的小老頭兒。漁人單獨與船老大做了一次談話，因為船老大已不會說話，所以只能漁人發問，然後讓船老大用點頭或搖頭來回答。漁人問：「你們的船是在一塊礁石那裏沉沒的？」船老大點頭。漁人問：「看見礁石上有穿藍裙的女子嗎？」船老大又點頭。漁人問：「你們本來都會說話吧？」船老大還是點頭。漁人問：「看到藍裙女子之後就不會說話了是吧？」船老大依舊點頭。不用再問了，不廷胡余已經確認這場海難與藍裙女子有關——她有妖術。

不廷胡余決定懲罰這個藍裙妖女。

不廷胡余耳朵上的兩條青蛇呼嘯着，腳下踩着的兩條紅

蛇怒吼着，蛇身瞬間變得無比龐大，張着血盆大口，吞吸着海水，然後噴向海礁，海礁一下子就被淹沒了，四條巨蛇又圍着礁石捲起撲天大浪，攪得天昏地暗。連續三天三夜，礁石陷入滅頂之境。然而，藍裙女子與她的藍豚群消失得無影無蹤。不廷胡余的懲罰一無所獲。

三天之後，海面平靜了。在礁石的方向，海豚音隱隱約約淒婉地響了起來。不廷胡余一聽，那聲音裏飽含着悲傷，那聲音裏有着無限的冤屈與失望。他一驚：難道我錯怪這個藍裙女子了？

島神隨即彈起了椰琴。他踩着紅蛇騰空而起，化作一團亮霧飛向礁石。

不廷胡余的琴聲舒緩地流淌着，訴說着對這些所見所聞的疑慮，傾吐着內心的悔愧與自責，坦言着希望對方諒解的懇求。

海豚音裏有了汩汩淚水，有了動容的哀泣。隨後，海豚音突然停了。

不廷胡余到達礁石處，只見到光溜溜的礁石，沒看到藍豚的影子，那副殘船的木板也不見了。

不廷胡余悔恨難言，他不知道自己錯在哪裏，他的琴聲大作起來，其中夾雜着莫名的悔恨。他瘋狂地彈奏着，在礁石上空徘徊着。

一連幾日，不廷胡余都在礁石上空徘徊。

他用琴聲來懺悔自己的過錯。

他用琴聲來表達自己的思念。

終於，讓不廷胡余欣喜難忘的時刻來到了。

一群藍豚圍着礁石在環游。海豚音是那般清亮，那般活力四射。不廷胡余看見藍裙女子正盤坐在礁石上。她的嫵媚動人，讓島神的琴聲顫抖起來。

但是，不廷胡余一近前，藍裙女子就消隱了，可海豚音仍舊嘹亮。那隻嬌小的藍豚又閃現在藍豚群的最前方。

不廷胡余沒有一點兒猶豫，一縱身，亮霧一閃，變成一條健美的藍豚與嬌小的藍豚游在一起。島神的四條蛇變成了四條小魚護游在他身邊。島神與藍裙女子緊挨着游，他們有了直接對話的機會。

島神說：「藍裙姑娘，你好呀！」

藍裙姑娘說：「尊貴的島神，你喊錯了，我是藍豚王的女兒藍豚公主。」

島神說：「噢，藍豚公主，失敬了。」

藍豚公主說：「何止是失敬，而是失智。」

島神說：「何謂失智？」

藍豚公主說：「尊貴的島神，你是那樣地睿智與寬厚，椰島在你的護佑下興旺秀美。正是出於對你的仰慕，我才冒昧地闖入椰島的祭祀活動中，而你對落水毛賊的判斷是如此幼稚可笑，甚至是愚蠢至極！」

島神說：「藍豚公主，你對我的褒獎，我心領了，但請公主繼續點化迷津：那些落水者怎會是毛賊？」

　　藍豚公主說：「這是一群盜獵藍豚的毛賊。因為藍豚高貴稀有，皮與肉都是世上罕見的珍品，盜獵者捕獲到藍豚便會一夜暴富。」

　　島神說：「藍豚公主，當時的情景能否明言？」

　　藍豚公主說：「這群毛賊乘坐的是八槳木划船，在他們追獵藍豚群時，我在礁石上唱起了《藍豚的月光》，這是一首非常好聽的歌，凡是聽到這歌聲的人都會入迷，都會忘情，都會不知所措。毛賊只顧聽歌了，又都驚歎於我的美貌，導致他們的船誤入了礁石周圍的湍急漩渦，一下子就被捲進了海的深淵，正巧海上起了風暴，又把這群毛賊拋出海面。我並不想要這群毛賊的小命，便令藍豚群把他們救到了椰島的灘塗上。為了教訓這群毛賊，我讓藍豚群用舌頭舔了一下毛賊的額頭，留下舌印，讓他們變成了啞人。現在你清楚自己失智在哪裏了嗎？」

　　島神說：「原來還有這段故事。我確實做出了不理智的事，還請藍豚公主恕罪！」

　　藍豚公主說：「尊貴的島神，你對藍豚群的家園施以風暴，無端的懲罰使我很是失望與傷心。」

　　島神說：「藍豚公主，我聽懂了你的歌聲，我用琴聲向你表達我的自責與懺悔。」

　　藍豚公主說：「尊貴的島神，你的琴聲也打動了我，我不會再責怪你，過錯誰都會有的，哪怕是神。」

　　在島神與藍豚公主交談時，他們越來越貼近地依偎在一起

游着。冷不丁，島神用藍豚長喙觸吻了一下藍豚公主的臉頰。

藍豚公主害羞地往海的深處沉潛而去。

島神立即躍出海面，踏着兩條紅蛇，閃着一團亮霧走了。不廷胡余一路琴聲歡快。

然而，椰島上出現了奇怪的事。

椰樹的椰果每天都會少掉十五六個，而島民們一般吃上一隻椰果，十天半月不會再吃，所以這些椰果必定不是島民們採摘的。那這些椰果到哪裏去了？

原來，八個毛賊沒有閒着，在那個精瘦的船老大的帶領下，他們每天偷偷地摘椰果，五六天之後，他們偷了上百隻椰果，並準備帶着椰果逃離。他們覺得這椰果既好吃又能使人長壽，一定能賣大價錢，讓他們發一筆財。八個毛賊設想的計劃很周到，可謂神不知鬼不覺，連不廷胡余也未察覺。毛賊甚至將椰子筏也準備好了，就等待逃離了。

這天半夜，月黑星稀，八個毛賊悄悄地把上百隻椰果運到了椰子筏上。船老大發現天象和風向都不錯，於是八個毛賊划起了八支槳，椰子筏起航了。

突然，椰子筏被一群藍豚擋住了去路。原來是藍豚在毛賊額頭上留的舌印起了作用。這舌印有傳達資訊的作用，只要他們在島上做壞事，藍豚就會知道。

海豚音響了起來，驚動了不廷胡余，也驚動了島民們。

島神駕一團亮霧停在灘塗的上空，島民們奔向了灘塗。他們看到了驚人的一幕：一條椰子筏上裝滿了椰果，八個原

來落水被救的啞人在划着槳，卻被藍豚圍困住了。

那個藍裙女子正騎在一頭藍豚上。島民們明白了，少掉的椰果是這群啞人偷的，這是一群毛賊，是藍裙女子幫了椰島。

藍豚公主對着空中引頸高歌。空中的島神將耳朵上的兩條青蛇甩了下來，兩條青蛇變成了兩隻巨大的海鷗，海鷗從天而降，用利爪一把抓起了兩個毛賊。島神厲聲說：「這群貪婪的惡人，骨頭都是黑的。對惡人哪怕有一絲寬恕也是罪過，把他們丟到海裏餵魚蝦去吧！」於是，海鷗把八個毛賊全部扔到了海裏。

灘塗上歡騰起來。空中的琴聲響徹雲霄。藍豚公主騎着藍豚帶領藍豚群離去，高昂的海豚音響徹夜海。

故事取材

《大荒南經》

原文：南海渚中，有神，人面，珥兩青蛇，踐兩赤蛇，曰**不廷胡余**。

譯文：在南海的島嶼上，有一個神，長着人的面孔，耳朵上掛着兩條青蛇，腳底下踏着兩條紅蛇，（這個神）叫不廷胡余。

不廷胡余（明·蔣應鎬圖本）

傳說不廷胡余是掌管南海島嶼的島神，相貌怪異，耳朵上掛着兩條青蛇，腳下踏着兩條紅蛇。

飛獸之神

張錦江 文

其七神，
皆人面牛身，
四足而一臂，
操杖以行，
是為飛獸之神。

【西山經・西次二經】

　　在萊山山民的眼中，這不過是一支嵌有牛頭杖柄，木質泛黃、古舊的普通檀香木杖。檀香樹在萊山山巖上擁簇着遍地生長。萊山終年籠罩在揮之不去、提神醒腦的檀香中。檀香木杖在萊山似乎是再普通不過的尋常之物了。

　　然而，此時這木杖在「嗞嗞」地響着。

　　木杖的主人並非凡夫俗子，而是西山七神之一的飛獸之神。西山七神分轄七座山，飛獸之神護佑其中的萊山。飛獸之神因是西山七神之首，又稱七魁。

　　萊山有百十戶人家，分散在大大小小的山頭。山路崎嶇，山民孤單而居。

　　七魁巡行萊山時就騎着這支木杖。

　　木杖有魔力──它能飛行。這是一支威力無窮的魔杖。

　　木杖的鳴響是一種不祥的信號，預示着山中出了禍事。

　　七魁老邁，行動遲緩、長相怪異。七魁的臉是一張小小的女人臉，而身子是披着金色皮毛的牛身，有四條牛腿、四隻牛蹄，還有一條細細長長的尾巴。她用四腿站立着，身體左側則長出一條瘦小的金毛胳膊來，胳膊前端有手，像人手，也覆着金毛。這金毛手握着檀香木杖。這個人面牛身神

走起路來，似乎如老婦人一般。

其實，七魁在巡行萊山時一點兒也不遲疑，只見她麻利地跨上木杖，那木杖便騰空而飛了。

七魁不消片刻就降落在一座簡陋的構樹搭成的小屋前。山野很是安靜，小屋前後長着有狹長葉子和淡黃小花的蕙草，蕙草的幽香與雅氣中沒有不幸和禍事。七魁疑惑地打量着眼前的一切，然後拄着木杖向小屋走去。

這時，小屋的門開了，走出一對年輕的夫婦來。

七魁一看，這對夫婦穿着毛茸茸的狼尾草製成的衣裙，長長的草裙蓋過了腳面。男的上唇有黑鬚，女的有一個彎曲的尖鼻。

這時，七魁已不是人面牛身神的樣子了，而是變幻成了一個老婦人。

尖鼻女和藹可親地說：「有事要我們幫助嗎？可愛的老奶奶。」

七魁說：「謝謝女主人，我只是路過這裏，沒有需要幫助的事。」

黑鬚男憨厚一笑說：「不用客氣，老奶奶，有事儘管說，我們會盡力做的。」

七魁說：「謝謝二位了。我想打聽一下，這裏發生過什麼事嗎？」

這對男女異口同聲地說：「沒有，沒有，這是多麼好的初夏呀，蕙草花開得香着呢。」

七魁說：「蕙草花開得好，也會有蟲子咬的。你們不會是蟲子吧？」

　　男女二人慌忙擺手說：「老奶奶說玩笑話了，我們怎會是蟲子呢？」

　　這時，七魁的木杖「嗡嗡」地響起來。七魁說：「不瞞二位說，我的木杖告訴我，我碰到蟲子了。」 這時颳起一陣大風，把兩人的草裙掀了起來。七魁看見這兩人的雙腳是鳥的爪子，而且是鋒利的鷹爪。七魁笑了起來：「哈哈，兩隻蟲子！兩隻蟲子！」七魁用木杖點了點黑鬚男與尖鼻女，他們即刻化成了兩根羽毛，那羽毛的形狀讓人瞠目結舌，毫不誇張地說，誰也沒有見過如此巨大的羽毛，像一片剛摘下的芭蕉老葉，可以想像這鳥是多麼魁偉、龐大。大風是七魁用木杖作法招來的，七魁的猜疑沒有錯，山民的草葉裙都是不過膝的，何以這二人長裙蓋腳，這其中一定有鬼，果然，一陣大風讓他們的偽裝露了餡兒。這是七魁聰明過人之處。

　　七魁走進小屋，只聞到一陣嗆人的血腥氣味，她立即意識到真正的屋主人遇害了。七魁並沒有見到遇害者的遺體，也就是說，大鳥吃了屋主人，連骨頭也吞了下去。這種妖鳥可以把兩個活人吞食下去，其食量驚人不說，還能用鳥羽變幻成原先的屋主人，這實在不可思議。七魁思忖：這種妖鳥非一般精怪可比擬。

　　七魁在一個石壇中找到了一個初生的嬰兒。這是一個男嬰，肉嘟嘟的身上圍着蕙草編織的小兜，睡得正香。石壇上

覆蓋着一塊薄薄的石片。這孩子命大，沒有被妖鳥吞食，真是萬幸。

男嬰醒來之後，也不哭，他爬出了石壇，逕自爬到了小屋門口，那裏有一頭漂亮、嬌小的金色母牛。男嬰一點兒也不怯生，居然爬到母牛的肚皮下，捧着母牛的乳房，用小嘴吮吸着乳頭。男嬰吃了金牛的奶，一下子長大了許多。他吃飽了，不再爬行，是蹦跳着走的。這頭金牛是七魁變的。

男孩着急地找他的爹娘，屋內、屋前、屋後都找遍了，也不見自己的爹娘，便哭了。男孩哭了一陣便不再哭，他抬起頭，只見一個和藹可親的老婦人拄着柺杖站在他面前。

男孩用天真的目光打量着老婦人，老婦人開口了：「孩子，別傷心了，你的雙親已到天堂去了。」男孩問：「天堂是什麼地方？」老婦人說：「快樂而沒有憂愁的地方。」男孩說：「我也去。」老婦人說：「孩子，你的生命才剛開始，那還不是你去的地方。」男孩困惑地望着老婦人。老婦人說：「孩子，從今以後，我與你生活在一起，你就叫我七魁奶奶吧。」男孩還是呆呆地望着這個陌生人的臉。老婦人說：「孩子，我與你相識是緣分，你是緣分的兒子，從今往後，你就叫緣子吧。」男孩無奈地點點頭。男孩看見屋前有兩根很大很大的羽毛，便問：「這是什麼？」老婦人說：「這是鳥的羽毛，它們的來歷以後你會知道的。孩子，你把它們插在門上吧。」男孩遵從老婦人的指令去做了，他把羽毛插在了樹屋的門上。

男孩發覺門口的金牛不見了，便問：「七魁奶奶，剛才讓我吃奶的金牛呢？」七魁說：「緣子，金牛到牠該去的地方了。」緣子說：「我還要吃奶呢。」七魁說：「緣子，你只要吃過一次金牛奶，以後就不用吃奶了。你信不信你現在已能把這個石壇舉起來？」緣子順手一舉，沉沉的石壇就被高舉了起來。七魁說：「緣子，你看你的力氣多大呀！一匹馬都能舉起來，還用吃奶嗎？」七魁接着又說：「從明天起，我們一起去吃百家飯吧。」緣子問：「七魁奶奶，什麼是吃百家飯呀？」七魁說：「吃百家飯就是一家一家地去乞食。」緣子嘴一撇：「七魁奶奶，這多難為情，我不去。」七魁說：「緣子，這叫『吃了百家飯，才知百家心』。世事難料，人心莫測呀。」緣子不再爭辯，乖巧地說：「緣子聽七魁奶奶的話。」

七魁重新給緣子鋪了一張牀，在牀上鋪了一些棠梨樹葉，又找到一條緣子娘織的白茅草蓆覆蓋在上面，這樣一來牀就變得又鬆又軟。白茅草蓆是祭山神時放供品的氈毯，七魁是想保佑這孩子不再受傷害。

第二天，七魁帶着緣子去吃百家飯了。

出門時，七魁讓緣子閉上眼睛，說：「緣子，我們就要出門了，你閉上眼睛，我會帶你飛上天，到降落的時候才能睜開眼，記住了嗎？」

緣子應道：「七魁奶奶，我記住了。」

待緣子閉目，七魁又說：「抱住我的腰，落地時鬆

手。」緣子又應了一聲。七魁將木杖放在兩人胯下，嘴裏一聲「着」，木杖便飛了起來。

緣子飛上天的一瞬間心懸了起來，風「呼呼」地在他耳邊響着，涼颼颼的。他使勁地抱住七魁奶奶的腰，害怕跌落下去，又想從天上看地上的山、樹、泉水，但是他聽七魁奶奶的話，始終把眼睛閉得緊緊的，一點兒也不敢偷看。

緣子落地睜開眼時，只見自己落在了一座用構樹枝幹搭建的樹屋前。緣子與七魁走向樹屋。七魁輕聲喚道：「施主在嗎？」屋裏走出一壯漢問：「何事？」「施主有水嗎？山高路遠，帶的水在路上喝完了，口乾難忍，賞一碗水給老嫗與孩子解渴吧。」七魁拍了拍腰中的一隻葫蘆說。緣子先前並未見七魁奶奶腰中有葫蘆，他覺得好奇怪：什麼時候冒出來的？那壯漢一聽扭頭就走，還丟下一段話：「這附近走半晌也找不到一處有山溪、泉水的地方，我家也三天沒沾過一滴水了，到別處去要吧。」這時，七魁的木杖「嗡嗡」響起來。七魁說：「施主，我的木杖告訴我，你說的是謊話。」壯漢連連辯解道：「老太婆還會裝神弄鬼呢，你不信也沒辦法，確實沒水給你。請走吧。」

七魁舉起木杖，用杖頭在樹屋上一點，樹屋瞬間消失了，現出一隻石缸。七魁說：「施主，這是你家水缸吧，缸裏的水三天三夜都喝不光吧。」壯漢驚得目瞪口呆，羞得無地自容。七魁說：「施主，你這一缸水已到了我葫蘆裏，缸裏一滴不剩了，不信你去看看。」壯漢看了看石缸，果然空

了，一滴水也沒有。壯漢嚇得連喊：「碰到神仙奶奶了！寬恕我吧！」他拜伏在地上。那樹屋又變回來了，樹屋內走出一胖婦人也跟着叩頭謝罪。七魁說：「回屋吧，水又回到缸裏了。不過，施主，我要提醒你們一句，對世上身在困境的人冷漠無視是要付出代價的。」

七魁領着緣子轉身走上了山道。

緣子看到眼前的這一切，內心的震動與驚訝也非同小可。他心裏一清二楚，七魁奶奶不是凡人，是神仙。緣子對七魁奶奶愈發心悅誠服、五體投地了。

緣子向七魁提出一個請求：「七魁奶奶，在天上飛時讓我睜開眼吧。」七魁說：「孩子，七魁奶奶是怕你害怕，才不讓你睜開眼飛行的。你不怕？」緣子搖頭：「不怕。」七魁把木杖往地上一戳說：「好！那就飛吧。」誰知，這一戳巖石裂開，縫隙中流出了一眼泉水來。七魁說：「這眼泉水讓附近的山民享用吧。走！」

這一回，緣子大開眼界了。緣子覺得自己像長了翅膀，自由自在地飄蕩在空中。只見萊山山脈的峭崖陡壁如刀劈而出，高低山巖盤繞迴旋，山、石、蕙草、棠梨樹、檀香樹、構樹還有巖縫中的綠苔都彷彿懸在半空。從萊山峽谷望下去，峭壁有如蜂窩，有如蟻穴，有如樹屋，有如狼窟……峭壁是彩色的，緣子並不知道那是萊山的金屬礦物的層巖。峽谷中的山泉是紅色的，緣子當然也不知道萊山上有許多板栗大小的丹砂。緣子看到麋、鹿還有長毛牛。突然，緣子喊叫

起來:「七魁奶奶,你看,一隻大鳥!」頓了一下,緣子又叫:「這鳥太大了!」

七魁說:「這叫羅羅鳥,牠能吃人。」

七魁又補充道:「緣子,就是這羅羅鳥吃了你的雙親。」

緣子一聽便驚呆了,隨即怒氣沖沖地說:「七魁奶奶,我們快去殺了牠!」

這時,七魁的木杖又「嗡嗡」作響了。七魁說:「這孽障又作惡了!我們現在就飛回去。」

七魁駕騎着木杖又飛回到了先前那個討水遭拒的樹屋前。她並沒有見到大羅羅鳥。樹屋的門緊閉着,七魁喚道:「有人嗎?」屋門開了,那壯漢與那胖婦人笑盈盈地開門,雙雙拱手道:「敢問老人家,何事?」七魁道:「有無見到一隻大鳥?」壯漢與胖婦人都搖頭說:「沒有呀,哪來的大鳥?」七魁的木杖連續響着,她說:「二位說謊呀!如果我沒有說錯,二位應該是大鳥身上的羽毛吧?」七魁用木杖在這壯漢與胖婦人身上一點,說道:「對不住了,大鳥羽毛。」二人立即變成了兩根大羽毛落在了地上。緣子被眼前的一幕驚得合不攏嘴,待緩過神來又不住地拍手叫喊着:「七魁奶奶真神了!」

緣子隨七魁進樹屋,見到了地上的血跡,聞到了血腥氣,知道兩個屋主人被吃了。緣子不禁「哇」地大哭起來,他想起自己的爹娘也是這般慘死的。七魁安慰緣子說:「孩子別哭了。萊山這地域,山民孤單而獨居慣了,互不往來,

養成各顧自家的習氣，以致私心太重，不太願意幫助別人家，才讓這惡鳥鑽了空子，不斷傷害無辜。你別傷心，這隻惡鳥我終究要除掉牠的！」緣子急不可待地說：「七魁奶奶，我等不及了，現在就去除掉牠！」七魁說：「孩子，心急不得，你也看到了，這鳥非等閒之輩，牠把人吃了，還會用羽毛變成人，可見牠的野心有多大，牠想把這萊山山上所有的人都吃了變成羽毛人。單憑七魁奶奶的這點本領還制服不了牠，還要你的幫助。孩子，你怕嗎？這鳥能一口吞了你！」緣子說：「七魁奶奶，我不怕，你說吧，我能怎麼幫助你呢？」未等七魁說話，只聽不遠處人聲嘈雜，七魁與緣子便聞聲而去。

他倆走近一看，原來是一群人為那眼七魁用木杖戳出的泉水爭執起來。現場一片混亂，大家都想擠近泉眼搶水喝，一個把頭伸長了用嘴巴正喝着，另一個把他推開了，伸出一隻石碗接水，再一個用力一拱，拿着葫蘆灌水，你推我搡，互不相讓，吵吵嚷嚷，差點兒打起來。

七魁看了，就走上前去，用木杖在泉眼的地方捅了一下，泉水沒了。七魁用木杖在巖石上使勁敲了兩下，火星四濺。她顯然生氣了，臉上毫無表情地低聲對緣子說：「孩子，把那兩根羽毛拿來，跟他們說說羽毛的來歷。」緣子隨即拖着兩根大羽毛來了，說：「鄉親們，看到沒有，這兩根大羽毛就是兩條人命……」在場的人都驚訝地張着嘴「呀」地叫起來，緣子說：「鄉親們，你們只顧搶水，連鄉

鄰被大鳥吃了都不曉得，看也不看一眼，人心麻木了是要遭殃的！」眾人都羞愧地低下了頭，不出一點兒聲了。緣子又說：「我爹媽也是被大鳥吃了。大鳥吃了人之後，會用羽毛變成被吃的人。這些羽毛人想霸佔萊山，是七魁奶奶讓大鳥的羽毛人現了原形。七魁奶奶還說，萊山山民孤單而獨居慣了，私心太重，讓惡鳥鑽了空子。鄉親們不會等死吧？不想死的話，就想辦法齊心對付惡鳥！」緣子的話說得很得體，七魁讚許地看着他。緣子又說：「是七魁奶奶這位大神拯救我們，點化我們！感恩七魁奶奶……」緣子說着就跪下向七魁拜了三拜，流下了感激的淚水。

誰都知道七魁是萊山山神，每年萊山山民祭山神就是祭的她，但是誰都沒見過七魁真身，想不到眼前這位老奶奶就是七魁山神，於是山民們便誠惶誠恐全都撲拜在山地上，口中唸叨着：「大神呀，我們有眼無珠，得罪大神了，寬恕我們小民吧！」七魁把木杖甩了一甩，說：「都起身吧，按照這孩子說的去做吧！」眾人又都連連應聲道：「大神呀，你大恩大德，我們聽從神的旨意，合心制服妖鳥！」這時，七魁又用木杖在泉眼穴中捅了捅，那裏又噴出泉水來。七魁說：「各位享用吧。」眾人都起身來接灌泉水，不再爭吵，而是謙讓再三才去接灌，大家喜氣洋洋的。

七魁與緣子跨着木杖飛走了。

七魁帶着緣子來到一座山巖下。

這是一座兀立的懸崖，在無雲的藍天的映襯下，崖頂有

一隻巨大的鷹棲息着。緣子定睛細瞧，這鷹的形狀像他見到的羅羅鳥，但那不是一隻活的鳥，而是一塊鳥模樣的巖石。七魁說：「孩子，看到了嗎？這就是一千三百年前萊山地域最後一隻羅羅鳥的化石。想不到這鳥的化石積天地之靈氣，一千三百年後又復活了過來。邪惡的東西死了，重新出現時還是惡性不變。石頭鳥一活過來還是繼續吃人。所以俗話說，除惡要除盡！」緣子說：「想不到羅羅鳥死了一千三百年，還能變成精怪活過來。七魁奶奶，按你說的，我們趕緊去把這怪鳥除了！」七魁說：「孩子，你不知道，鳥的化石在日月、晨露的千年浸潤下，吸收了多少精華才得以復活。這羅羅鳥已不是原先的羅羅鳥了，牠有了很深的根基，還有了變幻的邪術，要除了牠不太容易，先讓山民們齊心協力防着牠，不要再受到傷害。到時，我們再見機行事。」

　　不出一日，見到七魁山神的山民們就把消息傳遍了整個萊山的一百餘戶人家。他們個個都覺得心愧不止，不再孤身獨處，無視鄉鄰。萊山山民本都是行獵出身，都能製弓箭，也都善射擊之術。為防羅羅鳥，家家戶戶的門前都點燃了一堆篝火，一旦發現羅羅鳥，就把點燃的箭射向天空報警，然後各家各戶都把火箭射向天空。不僅如此，男女老少還敲擊起家裏的碗、盆、罐來，並且齊聲呼喊着。在空曠的山野裏，回聲很大，呼喊聲可以傳很遠。這一招非常管用，只要羅羅鳥一出現，漫山遍野都是火光衝天，響聲一片。三個多月下來，羅羅鳥嚇得一直不敢降落下來。

這天一早，七魁對緣子說：「孩子，我們該動手了。你把四根大羽毛綁定在身體的四周，連頭也不要露出來。」緣子知道這一天終於到來了，他一臉興奮，臉上發着光，紅撲撲的臉蛋堆滿笑意。他按七魁的吩咐把插在樹屋門上的四根羽毛拔了下來。這些日子裏，他天天看着羽毛練手臂的力氣，四根羽毛是四條人命這件事他一刻也不敢忘記。七魁每天把緣子的牀鋪得軟軟的，讓緣子睡得舒服些，然後外出向山民們討吃的。現在緣子真的吃百家飯了，山民們見到這位老奶奶，都熱情地拿出家裏最好吃的，烘餅啦，黃米飯團啦，山桃果啦。山民們心裏明白，這位老奶奶就是山神七魁。七魁也順便巡視着山民們抵禦羅羅鳥的情況，同時掌握羅羅鳥的動態。

七魁用木杖在四根羽毛上點了點，四根羽毛濺出了星星點點的火花，然後羽毛不再柔軟，變得堅硬如鐵。

臨行前，七魁特意關照緣子，說：「孩子，今日一戰定高下，七魁奶奶需要你的助力。現在是動真格的了，孩子呀，手不會抖吧？」緣子一拍胸口說：「哪會手抖？我都等不急了！」七魁又說：「這隻孽畜已餓了三個月沒有吃人，牠的體力必然下降。但是，牠餓極了也必然更加兇狠，也許牠會不顧火箭的射擊而撲抓山民。這時，我與你伺機給牠致命一擊！」緣子爽朗地應聲道：「我聽七魁奶奶的指令。」這時，七魁說：「孩子，我要看看你的力氣有多大。」七魁在山巖上用木杖敲打了幾下，只見陡然升起一塊十人高的大

巖石。七魁仰面望着高聳的大巖石，說：「孩子，你能舉得起來嗎？」緣子也上下看了兩遍說：「七魁奶奶，我試試看，我也不知道我有多大力氣。」緣子說着就兩手伸到大巖石的底部，只聽一聲「起」，這大巖石就被緣子托舉過了頭頂。然後，他又向前走了一段路，把大巖石扔進了山谷中，發出「轟」的一聲巨響。七魁讚許地說：「孩子，你知道你的力氣有多大嗎？你有萬鈞之力呀！好呀，孩子，有你在，我的心裏就有底了，不怕滅不掉這隻妖鳥。走！孩子。」

七魁與緣子騎上木杖飛上天，然後，就盤飛在萊山山脈上空巡視起來。在天上，七魁又仔細囑咐了緣子，並告訴緣子，羅羅鳥最厲害的地方是其鋒利的爪子與兇狠無比的鳥嘴。無論神仙還是鬼怪，只要被羅羅鳥的爪子一抓就會留下幾個大窟窿，只要被牠的大鈎嘴一啄就會被吞下。

當天空中出現了流星雨般的火箭，地動山搖的敲擊聲、吶喊聲交織如雷的時候，大鳥從天而降，牠毫無顧忌地張着長長的翅膀撲向了一座茅屋，那茅屋的屋頂被大鳥的翅膀捲起的旋風帶走了，露出裏面驚恐萬分的一家人，兩個大人、兩個孩子都驚嚇地蜷縮在一隻石水缸的後面。七魁的木杖如強大的弓弩射出的飛箭，直插向大鳥的身軀，大鳥還沒有反應過來，牠的注意力在茅屋下那堆人的身上。七魁的木杖陡然變得很長很長，像一支長矛刺進了大鳥的肚皮。大鳥並沒有落下，牠仍然撲騰着長翅膀掙扎地飛着。與此同時，緣子彈跳了起來，雙手抓住了大鳥的爪子，大鳥低頭把緣子叼在

了嘴裏，就在緣子雙手離開大鳥爪子的時候，他一用力就把大鳥兩隻如鋼刀一般的爪子擰斷了，兩隻鳥爪落了下去。大鳥無法吞下緣子，因為緣子被羽毛盾甲保護着，卡在鳥喙之間。緣子抓住機會用雙手頂住鳥的上喙，他把蜷曲的雙腿伸直，使勁用雙腳頂住鳥的下喙。緣子一咬牙，鳥的上下喙張得大大的，合不攏嘴了，他再一使勁，「咔嚓」一聲，大鳥的喙被掰斷了，連鳥頭也從中間劈開來了。大鳥還在飛，可是飛着飛着，大鳥的羽毛一根根地離開了翅膀。緣子雙手吊在大鳥的脖子上，大鳥拼命地扭動着，扭着扭着不再動彈了。

七魁降落時，帶回了一隻巨大的沒有羽毛的鳥。山民們紛紛撿起了大鳥的羽毛，將它們堆在一起，像一座羽毛小山。七魁讓緣子把羽毛分發給每家每戶，家家戶戶歡天喜地把羽毛插在了樹屋、茅屋的門上。

萊山從此沒有了羅羅鳥，山崖上的羅羅鳥化石還在，但再也沒有活過來。萊山山民自此結束了孤居獨處的生活，一早便可聽見鄰里之間的呼喚聲。在祭山神的日子到來的時候，山民們都舉着一根大羽毛歡快相慶。

緣子被萊山山民推舉成了首領。

七魁依舊守護着這座山。

《西山經·西次二經》

原文：凡《西次二經》之首，自鈐山至於萊山，凡十七山，四千一百四十里。其十神者，皆人面而馬身；其七神，皆人面牛身，四足而一臂，操杖以行，是為**飛獸之神**。

譯文：總計《西次二經》中所載西方第二列山系之首尾，自鈐山起到萊山止，一共十七座山，東西全長四千一百四十里。其中十座山的山神是人面馬身；還有七座山的山神都是人面牛身，長着四條腿和一條胳膊，拄着枴杖行走，即飛獸之神。

人面牛身神（清·汪紱圖本）

人面牛身神是一種有四條腿和一條胳膊、拄着枴杖行走的神，也叫飛獸之神。

《西山經·西次二經》

原文：又西三百五十里，曰萊山，其木多檀楮，其鳥多**羅羅**，是食人。

譯文：再往西三百五十里，是萊山，山中樹木多是檀香樹和構樹，禽鳥多是羅羅鳥，牠能吃人。

熊山神

張錦江 文

又東一百五十里，
曰熊山。有穴焉，
熊之穴，恆出入神人。
夏啟而冬閉，是穴也，
冬啟乃必有兵。

【中山經・中次九經】

　　熊山的冬季不該有麻煩事，卻突然有了麻煩。

　　冬天到來的時候，熊山山寨中的石屋、草屋、樹屋前後的臭椿樹、柳樹的樹葉都脫落光了，秋季時臭椿樹上結滿的翅狀的紅果已消失殆盡，漫山遍野似荷葉的寇脫草也都枯黃了。寒冷使山寨落寞，失去了光鮮的色彩。

　　山民們冬日不再狩獵，便利用閒暇的日子用臭椿樹的枝幹製作新的弓箭。臭椿樹的枝幹特別堅硬而富有彈性，適合用作弓箭的原材料。除此之外，山民們還都忙着曬臭椿樹的紅果乾，這種紅果乾能清熱解毒，活血化瘀，他們把紅果乾運到鄰近的寨子去換取過冬吃的板栗、蜜柚、紅橘。製作弓箭殘留的臭椿樹的枝幹還可收藏起來，等到春天樹葉茂盛時，與葉片熬成湯，外塗可治跌打損傷。因為臭椿樹樹高三十丈以上，樹齡又都千年之上，常有神人由樹幹登上天去，因此，山民們都視臭椿樹為神樹，稱其「天堂樹」。山民們有這樣的「天堂樹」蔭護着，生活得很是滋潤。山上遍佈白色的玉石，山下盛產白銀，這能讓山民們換來吃喝用的東西。

　　由臭椿樹登天的神人叫熊山神，他是熊山的護佑神。

　　熊山神是一個健壯的男神。他長得虎背熊腰，方臉大

耳，頭頂心有一髮髻，慈眉善目，上唇有八字垂鬚，下頜有一束黑鬍，身穿寬大的黛青色道袍，腳蹬一雙方頭雲靴。

熊山神常出入於山中的一個洞穴，這是熊的巢穴。巢穴裏有一頭黑熊，這是這座山上唯一的一頭黑熊，此山也由此得名「熊山」。

冬天的熊穴照例是關閉的。

黑熊需要冬眠。

熊山神監管着熊穴的開啟和關閉。每年入冬後，熊山神就用他的道袍兜着一塊一塊石頭，在熊穴洞口壘起一道石門，把洞口封好。熊穴在熊山山頂稀有人煙的懸巖下，四周覆蓋着叢生的寇脫草，顯得非常隱蔽。

很顯然，這熊是熊山神豢養的寵物。熊穴是山民們神聖的禁地，誰也不知道這熊穴隱藏着怎樣的神奇，誰也不敢踏入這塊禁地，怕有災難出現。

熊山神封閉了熊穴之後，就由臭椿樹登上天去了。

然而，一個不速之客出現了。這是一隻肥大的狙如，牠的外形與鼠類似，遍體黑毛，長着白色的耳朵和白色的嘴巴，有一條粗粗的長毛尾巴。顯然，牠不是普通的老鼠，比普通老鼠大了許多。這頭狙如在熊穴的洞口逗留了片刻，用尖長嘴上的鼻子左聞右聞石壘的門，然後輕輕地叫喚了一聲，叫聲居然像狗叫的聲音。

突然，從寇脫草叢竄跑出十餘頭狙如來，大大小小，樣子都差不多。看來，首次出現的狙如是這群鼠獸的首領了。

　　隨即，鼠獸頭領帶着鼠獸們幹起了牠們的專營行當。狙如的四肢粗短有力，掌墊發達，四爪鋒利如鐵，扒土挖洞很是在行。不消半刻，牠們在熊穴的石壘門下就挖出了一個大洞。鼠群一點兒時間也沒有耽擱，在首領的帶領下魚貫而入。牠們熟練且準確無誤地找到了自己想要的一個個目標，那就是堆積在洞內為黑熊儲備的上好的寇脫草蜜。寇脫草會開潔白的小花兒，有着奇異的香味，會引來絡繹不絕的蜂群，由這種花釀出的蜜是蜂蜜中的極品。熊山神用熊山深處生長的一種叫作神仙葫蘆的容器灌裝着釀好的寇脫草蜜，並用樹脂蠟封了口。

　　這時，狙如們興奮異常地用牠們的尾巴把一葫蘆一葫蘆的蜂蜜從洞口拖了出來，離開了熊穴。一鈎月亮正從黑雲中顯現出來，這是凌晨發生的事。鼠群的盜蜜行為幾乎在悄無聲息中進行，黑熊一點兒沒被驚醒，還在沉睡着。

　　然而，很快有人發現了這個被挖掘出來的洞。這是兩個獵戶，準確地說，這是一對兄弟，大的叫阿龍，小的叫阿虎。他們是一對長得彪悍、腰紮豹皮的年輕人。阿龍、阿虎這天一早結伴上山砍柴，路過熊穴時，發現熊穴被挖開了一個洞，心生好奇：誰膽子這麼大，敢來挖山神養熊的熊穴？阿龍說：「小弟，你看熊穴被挖了，也不見有什麼動靜，看來，這地方也不過如此，外面傳得很神，大概是虛傳的，我們不妨走近瞧瞧。」阿虎膽子不如他的名字雄壯，有點怯生生地說：「哥，不要惹事吧，看到就當沒看到一樣，回去給

頭人說一聲，山神的熊穴被挖了。」說着就拖阿龍走。阿龍不依，說：「都走到這麼近前了，就看一眼吧，說不定還有什麼好事等着我們呢。」阿虎從小就聽哥的話，也不再反對，和阿龍一起向熊穴走去。

阿龍走近熊穴一看，洞口堆着的是新挖的山泥，用腳踢了踢，又看看洞口並不大，人的身子是進不去的，判斷這洞不是人挖的。阿龍心裏冒出一個念頭，說：「小弟，洞口太小，人是進不去的，索性把它挖大，爬進去看看裏面究竟有些什麼，也許裏面有財寶呢？」阿虎說：「哥，不要瞎想了，裏面除了山神養的一頭熊，還會有什麼？我不挖，我怕得罪山神。走吧，回去吧。」阿龍堅持說：「小弟，膽小成不了大事，你就聽哥的。」說着，阿龍就放下肩上的柴火，拿起砍柴石刀挖了起來，阿虎沒有辦法，只好順從阿龍，也放下了柴火，用石刀跟着挖。被鼠群挖過的山土已很鬆動，不一會兒，兄弟倆就挖了一個可供人爬入的洞。

這時，阿龍說：「小弟，你跟隨我爬進去，帶上石刀。」阿虎說：「哥，黑熊會咬死人的。我怕……」阿龍說：「瞎說，你是虎，牠是熊，哪有老虎怕熊的？何況冬天熊只管睡覺，沒有空來管你呢。跟着啊……」阿虎只得乖乖地把石刀往豹皮腰紮上一插，跟着阿龍爬進洞去。

洞中幽暗，除了被挖開的洞口透進光來，只有熊穴底部有藍熒熒的光亮，不過整個熊穴的樣子依然能看清。熊穴有一人多高，洞壁並不光滑，垂吊着長長短短的鐘乳石，腳下

盡是高低不平的巖石，能聽到洞壁滲出的泉水下滴的聲音。這熊穴是天然的洞窟，不知經由多少歲月才形成。洞窟並不很深，兄弟倆小心翼翼地爬行着，阿虎聽到自己心跳的聲音。兄弟倆不說一句話，緊張地從腰間抽出了石刀，緊緊地握着。

在阿龍、阿虎爬到再無前路時，黑熊已近在咫尺。黑熊鼾睡着。這頭黑熊身體很龐大，遍體長着黑亮的長毛，下頜的毛是白色的，胸部有一塊「V」字形的白毛斑；頭圓，耳大，眼小，吻短而尖，鼻端裸露，足墊厚實，前後足都有五趾，爪尖銳而不能伸縮。兄弟倆把黑熊看了一個仔細：黑熊的睡姿很是可愛，嘴巴半張着，一副憨厚的模樣。阿龍向阿虎搖了搖手，意思是先不要驚動牠。阿虎的臉已緊張得扭歪了，他哪裏敢出聲。阿龍嘴一努，方向是藍熒熒光亮的地方。先前，兄弟倆以為那是熊的眼睛，因為獸的眼睛在夜色中都是放射出藍熒熒的亮光的。想不到那光亮的地方給阿龍帶來了驚喜——阿龍看得真切，這是一顆放在洞壁凹槽裏的又大又圓的亮珠。阿龍興奮驚訝得合不攏嘴，這可是無價之寶呀！大概是龍珠吧，想不到熊山神還有這樣一顆鎮洞之寶呢！阿龍的心提到了嗓子眼，他身手敏捷地撲了上去，一把就把寶珠攥到了手心裏。阿龍覺得氣都要喘不過來了，壓低聲音說了一句：「小弟，快走。」

兄弟倆連滾帶爬地出了熊穴洞口。不料，被迎面來的一位陌生的老者擋住了去路。這位老者氣度不凡，魁偉高大，

披一件華麗的虎皮大氅，內着虎皮背心，腰紮虎皮裙，足蹬虎皮靴。

老者雙手一拱，說：「敢問二位小兄弟尊姓大名？」兄弟倆驚魂未定，面面相覷了一會兒。阿龍捏着珠子，汗都冒了出來，他偷了熊穴的寶珠，正心虛慌張，一時回答不上，而阿虎本來就內向不愛說話，又知道是哥盜了寶珠，所以嚇得渾身顫抖。

老者又說：「二位小兄弟額上都冒汗了，怎麼這般驚慌失措？莫非做了虧心事？」阿龍連忙搖頭擺手，說：「沒有，沒有，老伯您誤會了。」阿龍又說：「我們兄弟倆是村裏的獵戶，我是老大，叫阿龍，他是小弟，叫阿虎。」老者哈哈一笑，說：「有意思，龍與虎怎麼從熊穴裏爬出來？」阿龍說：「不瞞老伯說，山裏人都知道熊穴裏有一頭熊是山神豢養的。冬天山神封了洞口，誰也不敢近前，怕得罪山神。我兄弟二人今早砍柴路過這裏，見熊穴被挖了個洞，覺得好奇，就掘大了一點，爬進去看了看。」老者又哈哈一笑，說：「兩位年輕人，進去看到什麼啦？」阿龍慌忙說：「老伯，洞裏黑，什麼也看不見，小弟害怕，我們就馬上爬了出來。」老者說：「年輕人，你在說謊吧？」阿龍連聲辯解道：「老伯，不信的話，你問我小弟。」老者隨即問阿虎：「看你這孩子一副老實相，該說出真話來。」阿虎欲言又止，望了望阿龍，頭低垂了下來。老者說：「這孩子聽從你這個做哥的，不敢說實話。年輕人啊，一時鬼迷心竅做錯

了事並不要緊，只要誠實地認錯、改正就好。人一旦失去了誠實，就失去了做人的資格，將來後悔也來不及了。」

老者這時在虎皮腰紮上一摸，掏出一顆珠子來，說：「兩位年輕人不誠實，我替你們說吧：阿龍手裏偷拿了熊穴裏的一顆珠子，對嗎？」阿龍無言以對，他偷偷捏了捏珠子——還在手心。阿虎卻陡然冒出一聲：「是的。」老者讚許道：「還是這位小兄弟誠實呀。」老者笑道：「兩位年輕人，我手裏的這顆珠子叫夜明珠，是東海海神禺貌送給我的禮物，比阿龍手裏的那顆好。來，阿龍，比試一下。」阿龍沒有辦法，只得伸出拿珠子的手，把珠子托在手心。

奇怪的事情發生了，阿龍手裏的那顆珠子驟然失去了晶瑩的光亮，變成了一顆與珠子同等大小的普通石球，而老者手心托着的是原先他們見到的那顆珠子。老者說：「年輕人啊，本不屬於你的東西，你意外得到了，真的也會變成假的。」說完，老者消失了。

這老者正是熊山山神所化。山神作法使阿龍手中的珠子變成了石球，這讓阿龍先是驚恐，繼而心中不甘，轉而又惱羞成怒。阿龍年輕氣盛，粗聲吐了一句：「小弟，我們再進洞去。」剛才的一幕已使阿虎膽戰心驚，又聽了山神的勸告提醒，覺得山神說得對，哥的行為有點執迷不悟了。

阿虎勸說道：「我想，剛才是山神現身了，還是聽山神的點化，回去吧，爹娘還等柴火用呢。」阿龍一聽，吼叫起來：「不要說廢話了，聽哥的，進去！」阿虎不吱聲了，乖

熊山神

87

乖地又隨阿龍爬進了洞。

　　這回除了熊，沒有再找到任何有價值的東西，阿虎以為哥這下該死心了、回去了，萬萬沒有料到，阿龍說出一句讓人聽到後連下巴都會驚掉的話：「趁着黑熊睡覺，我們把熊殺了，取牠的熊膽，剁下熊掌，熊皮做衣穿，熊肉過冬吃。」阿虎覺得阿龍一連串的胡思亂想實在太嚇人了，急得結結巴巴地說：「哥，不要搞錯喲，這不是一般的熊，這是山神的熊，是神熊呀！」阿龍說：「管不了這麼多了，小弟動手吧！」阿龍說完舉着石刀就往黑熊的喉嚨猛刺過去，他想一刀了結這頭熊。阿虎想阻止已來不及。只聽得「哐啷」一聲，火星四濺，石刀像刺在一塊堅硬的石頭上，斷成了四塊掉在了地上。

　　黑熊醒了，怒吼着翻身坐了起來，一雙豆眼放出雪亮雪亮的光，頭向上一仰，尖嘴張得大大的，露出尖利的牙齒，黑亮的長毛根根豎了起來。阿龍畢竟是獵戶中的勇士，他奪過阿虎手中的石刀又往黑熊的喉嚨刺，這是熊的軟肋，獵人都是這麼做的。可是，黑熊的身子是刀槍不入的，這是神的熊，怎會被凡俗的刀槍所傷呢？石刀又斷成了碎片。

　　被激怒的黑熊站立了起來，與阿龍兄弟一般高大了。黑熊走了兩步就撲向阿龍。阿虎知道，他哥不是弱者，有強大的臂力，他哥舉起過一頭野豬，甚至舉起兩三百斤的石磨也不在話下。他認為他哥與普通的熊有得一搏，可是眼前的是一頭神熊。不過，阿龍一點兒也不示弱，迎上撲過來的黑

熊，一下子抓住了熊的兩個前足，雙方只相持了一會兒，也就吞一口飯的工夫。阿龍想用力扳倒熊，可是熊像座山一樣屹立着，他從來沒有過這種體驗，是那般無能為力，只那麼一下，就被轟然推倒在高低不平的地上。阿龍是個不服輸的人，他爬起來，又迅敏地抓住了撲上來的兩隻熊足，結局還是一樣。阿龍被黑熊連連推倒了三次，黑熊像一個天才摔跤選手一樣輕易地獲得了每一次的勝利。阿虎意識到這場角鬥越來越不對勁，他驚恐萬分地朝洞口喊了起來：「救命呀！救命……」

阿虎的求救聲很是淒涼而絕望，這聲音立即得到了回應。用石塊壘的熊穴石門「轟」的一聲倒塌了。洞口大開，阿虎拽了阿龍一把，喊着：「哥，快逃吧！」

阿龍自知不是黑熊的對手，扭頭跟着阿虎拔腿就逃。哪知，黑熊並不放過他們，追撲上去又撕又咬，發了瘋似的攻擊起兄弟兩人來。原來，黑熊的習性就是這樣，人遇見黑熊是不能逃的，裝死或者不動或許還能免受傷害。阿龍兄弟也屬有經驗的獵人了，只是沒有預料到山神養的熊這麼厲害，一時慌了手腳做出了逃跑的舉動。他倆逃出了洞口，黑熊還是死命地又撕又咬。兄弟倆被咬得遍體鱗傷，痛得直叫。倘若繼續撕咬下去，阿龍兄弟必死無疑。

就在這危急時刻，突然飛來兩粒石子，正好打在黑熊怒張的兩排尖牙上，黑熊停止了攻擊。

站在驚魂未定、狼狽逃竄的阿龍兄弟面前的是一位身

着道袍的老者，阿龍兄弟立即認出這是熊山山神真身，山寨的每家每戶以及山廟中都供着山神的泥塑、木雕、石刻的神像。阿龍兄弟心裏明白，是山神救了他們的命，是山神打開了熊穴的石門，是山神用石子阻止了黑熊。阿龍闖了這麼大的禍，他不再驕橫，羞愧而恐懼地站在那裏等待山神發落，阿虎也懊悔莫及，恨不得自抽一個耳光，他無能盲從，未能阻止哥犯下大錯，無可奈何地低垂着頭。

那頭熊趴伏在地上，溫順地瞪着小眼睛。

兩粒石子不偏不倚地打落了黑熊上頜與下頜各十顆牙齒。只見二十顆牙齒散落在山地上，莫名其妙地動彈起來，所有的落牙都有了生命，一眨眼間變成了一個個穿紅盔甲的武士，很小，只有指甲蓋那麼大。每個武士都揣着一支長矛，他們排成了整齊的兩列，上頜的十顆牙齒變成的武士對陣下頜的十顆牙齒變成的武士，雙方不由分說就長矛對長矛地打了起來。阿龍、阿虎被眼前的一幕驚呆了。

這時，熊山神晃了晃袍袖說道：「兩位年輕人，山寨本是寧靜祥和的，現在卻亂了。人在做，天在看。我在天上看得明白，先是狙如搗亂，偷了熊穴儲藏的蜂蜜。這個你們大概不知道，洞是狙如掘的。接着你們添亂，又掘大了洞，且順手牽羊盜了洞珠，而後又要殺熊取利。你們惹怒了熊，遭來殺身之禍，我為解救你們二兄弟，不得已毀了熊穴石壘門。你們可曉得，熊穴在冬季是不能開啟的，一旦開啟，山寨就會遭亂。你們看看，連黑熊掉在地上的牙齒都會變成兵

丁打起來。切記，任何生命不能迷了心智，一失足成千古恨，心智的墮落與毀滅是轉念之間的事，年輕人要把握好呀！」

山神正說着，只聽得山下遠處響起了哄鬧聲。山神又說：「兩位年輕人聽到這哄鬧聲了嗎？我告訴你們，這是山裏人為爭奪淘白銀的地塊在鬧事呢。心智的混亂常常是一個小小的失誤造成的。」阿龍、阿虎這才明白自己闖下的禍如此嚴重。

說話間，那兩列紅盔甲小人的爭鬥已經結束，都垂死掙扎地躺倒在地上。說時遲，那時快，山神一甩道袍袖，那些小人兒又都變成了牙齒回到了熊的嘴裏。熊站起身，一搖一晃地爬進了山洞。山神又一甩道袍袖，倒塌的石壘門又「轟」的一聲恢復了原狀。瞬間，山下人群的哄鬧聲也消失了。

不料，山下的一個石鼓又驚天動地地鳴響起來。

熊山神對阿龍兄弟說：「兩位年輕人，我們去山下看看吧，那裏一定有好事等着你們。」

熊山神用寬大的道袍袖捲着阿龍兄弟旋風般地飛起，須臾間落在石鼓旁。那裏圍聚了一些山民，都在望着石鼓指指點點，爭執不休，連山神到來都未察覺，個個爭得面紅耳赤，唾沫星子飛濺，摩拳擦掌，彷彿要動手的樣子。山神一聽，爭來爭去，就是石鼓為什麼自鳴的話題。山神輕聲對阿龍兄弟說：「兩位年輕人呀，看來石鼓自鳴也不是好兆頭。」

這石鼓實在太大了，十個人合圍也圍不過來。

只見熊山神分開眾人走到石鼓前，脫下道袍往石鼓上一

蓋，石鼓便不響了，石鼓底下頓時鑽出一群狙如來。

原來，石鼓內有一窩蜂巢，狙如來這裏偷吃蜂蜜。這群狙如正是盜熊穴內蜂蜜的作案者，因為山神用神仙葫蘆裝蜂蜜，且用樹脂封口，唸了神咒，凡間物種是無法打開的，所以狙如雖盜走了蜂蜜卻吃不到。飢餓的狙如鼠群找到了石鼓下的蜂巢，一骨碌鑽了進去，大吃蜂巢裏的蜜，遭到了蜜蜂瘋狂的蜇刺。狙如鼠群亂竄亂跳把進出的洞口堵了起來，引起了石鼓自鳴的現象。是山神安定了蜂群，狙如才有了逃出的機會。

眾山民頓時如夢初醒，眼前竟是自己供奉的山神，一時鴉雀無聲，齊刷刷地拜倒在地。山神一揮手，說：「還不快起來去滅掉造禍作亂的狙如！」

眾山民這才一窩蜂地呼喊着去追狙如了。哪知，阿龍兄弟還不敢輕舉妄動，呆立在山神兩側等候發落。山神便說：「兩位年輕人呀，你們也快去滅狙如呀，走呀！」阿龍兄弟覺得意外，山神沒有懲罰他們，連忙拔腿就奔向山民追去的方向。阿龍奔着奔着，他的脖子上長出了黑毛，接着手、手臂、臉頰、前胸後背、兩條粗腿、大腳面上都長出了如狙如一樣的黑毛，耳朵、嘴巴也如狙如一樣是白色的了，嘴巴尖尖的，屁股上長出了一條粗粗的毛尾巴，手腳變成了鼠爪。

他一下子縮小了許多，像隻真正的狙如一樣在逃竄。途中路過一條小溪，他見到自己的倒影，喊了起來：「我真倒楣，怎麼成了這副樣子！」可是他已說不出話來，他發出的

聲音是狙如的叫聲，像狗叫一樣。他流淚了，不知道該怎麼辦，不知道往哪裏逃。

這時，一條兇猛的獵犬盯上了他，狂叫着撲向他。這隻狙如矯健地逃起來，穿過了他熟悉的山谷、臭椿樹、寇脫草、村舍、採銀場⋯⋯他認出這隻獵犬是他們家的小黃，便呼喊了起來：「小黃，小黃，我是阿龍呀，你家的主人呀！」小黃聽到的是狙如狗叫般的呻吟聲。小黃緊追不放，沒有一絲同情與憐憫，用鋒利的牙齒咬住了狙如的尾巴。

狙如停止了逃跑，跪拜在小黃面前，依舊叫喊着：「可憐可憐我吧，我是阿龍呀！」他的眼中盡是絕望的恐懼和祈求。兇狠的小黃對準他的喉嚨咬了一口，他便死去了。小黃銜着牠的戰利品到阿虎那裏去邀功。對於小黃的成功阿虎滿心喜歡，心想：「哥見到一定也很高興。」阿虎把被小黃咬死的狙如拎在手裏。他哪裏知道，這隻狙如就是阿龍啊！

山民們滅了作亂的狙如，找回了被狙如竊盜的十餘隻裝着蜂蜜的神仙葫蘆。老少山民提着神仙葫蘆，懷着對熊山神的崇敬虔誠之情，如數地把神仙葫蘆送回到熊穴洞前。

阿虎一直在等他的哥哥阿龍回來，阿龍終究沒有回來。而那隻狙如吊在屋簷下已經風乾了。

故事取材

《中山經·中次九經》

原文：又東一百五十里，曰**熊山**。有穴焉，**熊之穴**，恆出入**神人**。夏啟而冬閉，是穴也，冬啟乃必有兵。其上多白玉，其下多白金。其木多樗、柳，其草多寇脫。

譯文：再往東一百五十里是熊山。山中有一個洞穴，是熊的巢穴，時常有神人出入。洞穴一般夏季開啟而冬季關閉，就是這個洞穴，如果冬季開啟，就必定會發生戰爭。山上遍佈白色玉石，山下盛產白銀。山中樹木以臭椿樹和柳樹居多，花草以寇脫草最為常見。

熊山神（清·汪紱圖本）

熊山的守護神，傳說他居住在熊山的一個洞穴裏，此洞穴一般夏季開啟而冬季關閉，如果冬季開啟，就必定會發生戰爭。另外，據說鄌西北鼓山上的石鼓如果自鳴，就會天下大亂，烽煙四起——與熊山石穴有異曲同工之妙。

《中山經·中次十一經》

原文：又東三十里，曰倚帝之山。其上多玉，其下多金。有獸焉，其狀如䶉鼠，白耳白喙，名曰**狙如**，見則其國有大兵。

譯文：再往東三十里是倚帝山。山上遍佈精美的玉石，山下盛產黃金。山中有種野獸，其形狀與䶉鼠類似，長着白色耳朵和白色嘴巴，名叫狙如。牠在哪個國家出現，哪個國家就會兵禍連連。

狙如（明·蔣應鎬圖本）

狙如，其形狀與䶉鼠類似，長着白色的耳朵和白色的嘴巴。牠是一種災獸，牠在哪個國家出現，哪個國家就會兵禍連連。

石夷

王仲儒 文

有人名曰石夷，

來風曰韋，

處西北隅，

以司日月之長短。

【大荒西經】

又到祭日了。

天色微明時，風之女神狄，禦風潛行，進入這片領地。每年的這一天，狄總是如期而至，前來祭奠一個故人。已經三百年了，她仍惦念着他。這個長髮如瀑、雙眼暴突、貌似凌厲的女神，實則俠骨柔心，情意綿長。

狄緩慢而滯重地掠過山脊，俯視這片終年昏暗、了無生息的土地，悲戚之餘，卻又莫名地心存不甘。她隱隱覺得，他可能還活着，隱匿在領地內的某個山洞或石隙之間。

狄輕喚一聲：「石夷。」

山石寂然，沒有回音。

石夷是山神，管轄這片領地。

三百年前，此地可是另一番景象：山清，水秀，樹密，花奇，鳥獸眾多，美若天堂。再說石夷，他劍眉，鳳眼，身形挺拔，性情柔和，行事勤勉而自律，是山神中的翹楚。

每日，無論晴雨寒暑，石夷卯時即醒，梳洗，紮髻，着裝，戴斗笠，披蓑衣，沿着山徑摸黑急行。及至山頂，正是月欲墜、日欲升、夜晝交替之時。石夷盤坐於一方石台，雙目微閉，雙臂圍合，氣沉丹田，吐故納新，直至掌心發燙，

冒出熱氣，絲絲縷縷，逐漸集聚，在手掌間匯成氣旋，氣旋飛轉，顯出澎湃崩裂之勢。石夷雙手發力，把氣旋拋向空中，氣旋散開，越旋越大，輝映出天幕上那一道道縱橫交錯的天溝。石夷伸展雙臂，左手撈起太陽往上一托，右手接住月亮朝下一放，太陽和月亮順勢滑入二道天溝，沿着各自的方向，開始一天的運行。

這一幕恰巧被狓撞見，她驚覺，原來這片領地的晝與夜、冷與暖、冬與夏，竟是由石夷運籌和掌控的。他熟稔而輕巧的一個手勢，讓天地有了明暗，歲月有了四季。

狓歎服，繼而欽慕，一直懷想至今。

回憶着往事，狓進入石夷的領地。

時間彷彿停滯了。山外晴朗明媚，山裏卻陰暗潮濕，黑影重重。太陽和月亮離地面很近，像兩顆星球，被兩根巨柱擎在空中。太陽在月亮的背後，光與熱被遮擋，只露出一圈昏黃的光暈，冷冷地照着石柱。那巨柱無比堅實，表面如玉般閃着幽光，裂隙間嵌有殷紅的結晶體，好似盤龍，緊纏着石柱，望去森然而悲壯。

巨柱間，微光下，隱現着一層苔蘚。苔蘚上，趴着一隻犬。那犬六足，短腿，黑皮，無毛，一副異相。每個祭日，總能見到這隻犬，牠歪伏在那兒，耳朵和鼻子埋在苔蘚裏，好似在聽，在聞，在搜尋某種聲息。

狓和犬對坐無語。凝望着懸掛的日月，她細想三百年前的那場劫難，卻怎麼也弄不明白：究竟是什麼人，或是什麼

事，顛覆了這片領地？

這是一叢荊棘惹的禍，犬記得清晰。

這種荊棘是外來物種，隨候鳥潛入，在旮旯裏生長。它的花紅而豔，狀似小嘴，可愛卻危險，它的枝條柔中帶刺，彼此糾纏，擅偽裝，引誘昆蟲、幼鳥進入，其尖刺滲毒汁，昆蟲等被刺後會暈倒，荊棘便鎖緊獵物，花朵遂噬血。

落入這個荊棘圈套時，犬尚幼，不諳世事。那天，牠被一扇花枝纏繞的高大穹門吸引，不由得往裏走。那穹門高而寬，可越往裏越窄，越矮，荊棘尖刺也越發密集。等牠看到翕張的花朵，想掉頭逃生時，為時已晚。荊棘感應到獵物，慢慢收緊，穹門越來越小。眼看着要被荊棘箍住，牠嚇壞了，嚶嚶地叫喚。

這時，一雙手從洞口伸進來，握住牠的身體。這是誰？牠一個激靈。只聽得「喲」的一聲，估計是尖刺扎進了那人的手背和胳膊。牠嚇得僵硬了，任人擺佈。那人的手傷着了，顫抖着，慢慢把牠救出陷阱。

犬獲救後，許久才清醒，見那人忍住痛，盤坐運氣，鎖住肩膀的血脈，再深吸一口氣，「呼」地發力，把扎在手上的尖刺逼出，白色的衣袖上濺滿了星星點點的血跡。

那人回頭，對牠笑意盈盈。犬心裏暖暖的，俯首要做他的隨從。那人也不嫌棄，說道：「既然如此，就叫你從從吧。」

那人就是石夷。

石夷

石夷

101

想到這些，從從忍不住流淚。

原以為除了尖刺，敷了草藥，不久就會痊癒，哪知這是異域奇毒，無人認識，亦無解藥，毒液殘留在血脈裏，埋下了隱患。

起先是手臂紅腫，奇癢，發燙，好似流火。石夷來到溪邊，把雙臂插進陰涼的水裏冷卻。不一會兒，溪底泛起水泡，水面冒出熱氣，溪底的蛙、蟾蜍和大鯢紛紛跳出水面，四下逃竄。石夷忙收手，只見手臂上的血管暴突，鼓鼓地跳動着，好像要炸裂一樣。

隨後是麻木，發冷，額頭在滴汗，手臂卻凝結了一層霜，盤曲的血管像僵死的蚯蚓。透心的涼、刺骨的涼讓石夷徹夜難眠，他不停地搓揉，敲打，烘烤，試圖讓血液熱起來，流動起來。

石夷日漸憔悴，眼眶發黑，髮髻散亂，每天在山巔運氣時格外費力，許久才能形成氣旋，雙手推動日月時也是顫顫巍巍的，甚是驚險。

石夷一天比一天衰弱。每次勞作之後，他總是癱坐良久，汗水淋漓，近乎虛脫。但他仍然日復一日地堅持着、硬抗着，這讓從從心痛，更讓牠擔憂。

石夷的病容，狨見過。

石夷和狨是神交，一年相會一次，約在秋末的白露。

那一年，那一天，雲煙繚繞，雨水淅瀝。山間松林深處藏有一草廬，廬內燃松枝，烹山泉。石夷早早等候，冒雨赴

約。石夷奉上釀茶，贈以異地採擷的花籽。兩人聽松濤，品香茗，嚐鮮果，散淡閒聊。狄遊歷四海，有說不完的逸聞趣事，石夷則安靜聆聽，間或低聲淺笑。不知不覺間，已近日暮，狄起身告辭，石夷也不挽留。他捧來一枚葫蘆，咣噹有聲，一股濃香破壁逸出，甚是醉人。

石夷說：「這是花蜜酒，冬日可暖身。」

狄接過，見石夷雙手微顫，便問：「山神倦怠不振，莫非身有不適？」

石夷說：「小恙，不礙事。」

狄說：「若需，喚我。」

石夷遂取出一截荊棘，說：「查此物。」

狄小心接過，騰身飛行，石夷破例送至山巔。狄飛出很遠，回頭見石夷仍站着，在墨綠色的林海間，那一點白色，明滅不定。

沒等狄查實，災難搶先降臨。

這天，石夷失手了。

在托起太陽的那一刻，石夷突然大叫一聲：「不好！」他的左臂瞬間無力，太陽從他手上滑脫，沒有進入天溝，而是在天上停頓了一下，然後直直地往下墜落。

從從陪在一旁，盯着太陽看，太陽在眼前越來越大，光芒亮得簡直要刺瞎眼睛。隨後，牠聞到一股焦糊味，原來身上的金毛被太陽的熱量燎着了。

天要塌了！

　　天地像爐膛一樣紅。太陽還在往下砸，如果太陽落地，與這片領地撞擊，那麼世間萬物將頃刻覆滅，不復存在，化為混沌一片。

　　天上是驚鳥，身邊是群獸，滿山是烈焰飛舞和群獸逃竄的亂象。從從在焦炭樣的土地上翻滾着，絕望地哀號，卻不肯逃離，只想守着石夷。透過遍地煙火，從從猛然看見，不遠處，石夷正竭盡全力用他的左臂撐起太陽。從從艱難地朝石夷爬去，看見石夷一個趔趄，又聽到「咔嚓」的一聲脆響，石夷肩膀一別，手臂被生生地折斷，直愣愣地插進地裏。雖然與身體斷開，可那手臂顯然還活着，在太陽的炙烤下，無限地膨脹着、伸展着，最終幻化成一根巨柱，穩穩地擎着太陽。

　　大地還在燃燒。從從已哭不出聲，悲慟地把頭扎進滾燙的土地裏，不敢再看石夷一眼。很久很久，烈焰漸熄，陰風四起，牠抬起頭，眼前暗淡無光，像寒夜一樣冷冽，另有一根巨柱，托着月亮，矗在太陽前面。

　　那是石夷的右臂呀。

　　石夷倒在巨柱下，失神地仰望着重疊的日月。月亮被太陽炙烤着，不時有熔巖滴落，「嗞」地燃起，又倏地熄滅。從從爬向石夷，不斷舔舐他的創口。石夷掙扎着倚靠着巨柱站起來，又倒下，再站起來，眼前一片焦土，滿目瘡痍。從從匍匐在石夷腳下，把臉貼在他腳上。石夷想去撫摸牠，卻發現自己已失去雙臂，他感到似被萬箭穿心，閉上眼，眼角

滾落兩串淚珠。

待石夷再睜開眼睛，瞳仁裏有了決絕的神色。他朝着山外，用最後的氣力嘶喊一聲：「狨——」

在遠方，狨察覺石夷領地上空日月錯亂，正暗忖不妙，忽聽到石夷的急召。

狨疾行飛馳，呼嘯着掠過峰巒和峽谷。進入石夷的領地後，她錯愕不已：那片曾經的仙境之地，怎會轟然崩塌，變得如地獄般慘淡恐怖？

石夷靠着巨柱，對狨說：「帶牠們走。」

狨旋轉身子，風乍起，掀起滿地枝葉，捲成一個漏斗，把尚未逃離的禽獸捲了進來。從從抱緊石夷的腳，神情不捨。

石夷眼神悽愴，滿是自責，黯然地說：「走。」

狨把從從捲進漏斗。石夷說：「拜託。」

狨見石夷站在巨柱前，巍然不動，像生了根一樣，明白他心意已決。真正的山神，縱使深陷險境，也斷然不會逃離自己的領地。

狨颳起一陣風，拖着漏斗，繞柱三匝，與石夷揮淚惜別。

狨顫聲道：「保重。」

然後，一騰身，直衝雲天，決然飛出山外。

再飛回，已是來年。

她巡視領地、山巔、坡地、峽谷，蒼涼寂寥，不見故人。她捲起枯焦的落葉，揚起又落下，只聽得枯葉「沙沙」

作響，沒有一絲故人的影蹤。狄悵然，但她固執地認為，石夷不會死，他就在暗處，他藏匿，他回避，或許是在等待一個重見的契機。

這樣念想着，狄像候鳥一樣，年年歸來，巡山，撒籽，等待花開，等待重逢，來來回回，一晃過去了三百年。

從從也回領地了。

金毛燒盡後，從從蛻變成一隻渾身瘡疤、勇毅而執拗的黑犬，牠千里奔襲，潛入領地，在黑暗中靜佇，辨別石夷的聲息和痕跡。

牠在雨後成串的水窪中，聞到石夷的腳味，辨出了他腳步的方向。牠在落葉堆上，看到一種人為的旋轉印跡，好像龍捲風剛剛颳過。還有折斷的枯枝和熄滅的灰燼。甚至，牠還聽到來自地底深處的聲音，好像狼嚎，嗡嗡然有迴響。

牠確信石夷還在。於是，牠帶來了山外新鮮的花枝、蘭草和瓜果，放在石夷可能途經的地方。牠想對石夷說：「你在，我也在，我們不放棄。」

狄從行囊裏取出葫蘆。

三百年過去了，酒香早已散盡，滿滿一壺酒也揮發了大半。狄打開蓋子，放在從從鼻子底下，從從深吸一口，一個激靈，醉倒了。她把葫蘆靠近唇邊，輕啜一口，好烈的酒啊，恰似暖流滑過喉間，讓她湧出熱淚。這酒，她從未抿過星點，怕酒後傷心，往事聯翩。今日一品，竟催生出萬千感慨，她乘着酒興，把酒灑在巨柱之下，以示紀念。

地面冒煙，「嗞」作響，酒在巨柱底下揮發和蔓延，又順着石縫間的紅色結晶攀援，結晶融化成液體，像血一樣流動，點點滴滴，滲透到地底下。

然後，只聽到一陣「轟隆隆」的聲響，巨柱在扭動，太陽月亮搖搖欲墜。

狹驚愕，從從驚醒。

猛地，狹一把揪起從從飛上天，圍着巨柱繞行。

巨柱搖晃得愈加猛烈，碎石四濺，欲將傾覆，又聽得一聲悶響，石柱基底崩裂，塵煙湧起，在明暗交錯的光影中，一個白毛怪物從碎石中蹦出。

他仰躺在地，彎曲雙腿，身子像陀螺一樣轉動，腳掌不斷開開合合，生出一股氣流。他的腳掌就像手一樣靈活，把氣流揉成氣旋。氣旋越來越大，巨柱也越搖越烈。終於，巨柱崩塌，石塊如雨一般傾覆在白毛怪物身旁。

日月顫動，又將墜落。狹和從從失聲尖叫。

白毛怪物並不慌亂，他用腳掌把氣旋蹬向天空，氣旋散開，天空中流光溢彩，映照出溝壑縱橫的壯闊天景。而後，他伸直雙腿，積蓄力量，只見那雙腿瞬時變得粗壯，肌肉一塊一塊地突着、壘着，像石柱一樣。他猛然叉開雙腿，腳掌恰好接住墜落的日月，那兩顆星球好重啊，他的雙腳顫了顫，歇了歇，左一蹬，右一擺，太陽和月亮劃出美麗的弧線，穩穩當當地滑入二道天溝。

靜止了三百年的日月，再次運行。

天亮了，雪化了。

當年的一幕，已然重現。

狄攜着從從飛落下來。白毛怪物收住架勢，端坐着，手臂處空空蕩蕩的。他的雙腿從背後反轉，兩隻碩大的腳掌靠在頭上，模樣甚是離奇。望着白毛怪物，狄禁不住哽咽了。從從猛然吠叫起來，撲到白毛怪物身旁，不停地嗅着、蹭着。

白毛怪物長毛披拂，遮住了臉，遮住了身體，每一根白毛的尾梢都掛着一顆細小的汗珠，在陽光裏閃爍。狄伸出手，張開手指，指尖流出的微風，輕輕吹開遮在白毛怪物臉上的長毛。還是那張熟悉的臉，劍眉，鳳眼。

狄啞啞地說：「石夷。」

白毛怪物喉頭顫動，卻發不出聲音。

狄喊了聲：「是你。」

白毛怪物搖頭，嗚嗚地吐出一個字：「噓。」

狄說：「山神重生，更名『噓』吧。」

白毛怪物點頭，淺淺地笑了。

這時候，播撒了三百年的花籽，驟然抽芽盛放。

漫山遍野的花，像大海一樣，波連波，茬接茬，好像是一種對生命的禮贊。真可謂，唯有堅守，終能綻放。

故事取材

《大荒西經》

原文：有人名曰**石夷**，來風曰韋，處西北隅，以司日月之長短。

譯文：有位神人叫作石夷，從北方吹來的風稱作韋，他處在大地的西北角，掌管太陽和月亮升起落下時間的長短。

石夷（明·蔣應鎬圖本）

石夷是一位掌管太陽和月亮升起落下時間長短的神，住在大地的西北角。

原文：有神，人面無臂，兩足反屬於頭上，名曰噓。

譯文：有個神人，長着人的臉卻沒有手臂，兩腳反轉着連在頭上，名叫噓。

噓（明·蔣應鎬圖本）

噓是一位長着人的臉卻沒有手臂、兩腳反轉着連在頭上的神人。

《大荒東經》

原文：有女和月母之國。有人名曰鵷，北方曰鵷，來之風曰狁，是處東極隅以止日月，使無相間出沒，司其短長。

譯文：有個國家叫女和月母國，有個神人叫鵷，北方人稱作鵷，從那裏吹來的風叫狁。他身處大地東北角以便掌管太陽和月亮，使它們不要相交錯亂地出沒，並掌管它們升起降落時間的長短。

《東山經·東次一經》

原文：有獸焉，其狀如犬，六足，其名曰從從。

譯文：有種野獸外形像犬，長着六條腿，名叫從從。

從從（明·蔣應鎬圖本）

外形乍一看像狗，但是長着六條腿。

因因乎

樓屹 文

有神，名曰因因乎，

南方曰因乎，

夸風曰乎民，

處南極以出入風。

【大荒南經】

南海上有一個寸草不生的荒島，住着一個兇猛無比的異獸。這異獸如百年銀杏樹一般高，渾身的毛髮是青色的，長着狼一樣的腦袋，眼睛是血紅血紅的。牠的嘴像虎的嘴，牙齒很長很鋒利，形狀就像鑿子。牠的背上長有鹿角，鹿角旁還有一對翅膀。牠只要大嘴一張就可以吹出雪白、巨大的氣流，只要翅膀用力一搧，頓時平地就掀起大風，牠一下子能吃掉很多人和動物。當地人稱牠為「風生獸」。

每隔一段時間，風生獸就會飛出來滋事。牠昂起巨大的頭顱，撲棱着翅膀，從島嶼穿過海峽，給經過之處帶來狂風，掀起一排排如山的巨浪。牠路過村莊，無數座石屋、木屋、草屋倒塌；路過大山，山體滑坡；路過道路，不知多少行人和牲畜被大風捲走。

南禺山地處南海沿岸，每當風生獸來襲，不少年輕勇士都會與之搏鬥，有會射箭的，有會使長矛和大刀的，但都不能置牠於死地。就算偶爾讓風生獸帶傷逃跑，等牠養好傷後，牠還會回來加倍地傷害黎民百姓。

無奈之下，南禺山的村民只能屈服於風生獸，逢年過節都燒香祭拜風生獸，把最好的食物供奉給牠。當地人還認為是狗招來了風生獸，不少村莊都有殺犬止風的古俗。每年冬

因因乎

115

季，寒流降臨、西北風颳來時，村民們就殺掉許多狗來獻祭給風生獸。

漸漸地，風生獸得意忘形，每年變本加厲地向百姓索取食物，胃口越來越大。南禺山附近的莊稼和牲畜早已被牠掠奪一空，人們不得不紛紛帶着孩子和老人背井離鄉，逃離風生獸的魔爪。

風生獸見南禺山的村莊逐漸人煙稀少，不能滿足自己的需求，便勃然大怒，想出毒計來禍害百姓。到了夏季，風生獸颳起了兇猛的東南風，當地人稱之為「旋風」。這百丈旋風可以把千萬株樹木連根拔起，還會讓成千上萬的家園毀於一旦。到了冬季，風生獸颳起了猛烈的西北風，當地人稱之為「厲風」。厲風所到之處不但人會受傷，最主要的是風裏伴有病毒和疫情。村莊裏的人畜被大風颳倒後受傷的、病死的不計其數。

有一年，南禺山東面的村莊出了一件奇事。一家農戶的孕婦懷孕一年零八個月還未把孩子生下來，她的家人請了許多當地的大夫幫她看病，大夫看過之後都表示無能為力，然後搖搖頭走了。但是孕婦能吃能睡，行動自如，神情氣色都很好，家人也只能作罷，隨她去了。又過了三個月，一天，孕婦突然肚子疼痛起來，疼得滿頭大汗。家人連忙請大夫來看，大夫看過後說：「快準備，孕婦馬上就要生了！」

經過幾天幾夜的疼痛，孕婦終於生下了一個男孩。男孩頭大無比，身材非常結實，哭聲響亮，驚動了周圍鄰居，

大家紛紛來看這個在娘胎裏待了快兩年的嬰兒。孩子的爹娘正發愁給孩子起個什麼名字，這時門外來了一位器宇軒昂的長者，他滿頭銀髮，兩眼炯炯有神。他聽說南海邊的村裏出了一個怪孩子，特意趕來看看。正逢眾人為了起名字左右為難，這位長者捋着鬍鬚開口道：「就給他起名為『因』吧。」

長者見眾人不解，便解釋道：「這孩子待在娘胎裏快兩年，又如此巨大，不就是『口』裏一個『大』字嗎？」

眾人方才明白，從此這孩子就被人們叫作「因」。農戶夫婦對長者感激不盡。那丈夫問長者：「不知老先生尊姓大名？將來孩子長大定來報答！」

長者揮揮手說：「我隨南風來之，又隨南風去之。」

農戶夫婦再三請教，長者微笑着說：「希望這孩子長大後能為百姓多做些有益的事，這就是對我最好的報答。如要記住我，就記住『民』吧。」說罷飄然而去。

以後每當南方有風吹來時，農戶夫婦總會對因說：「是你民伯來看你了！」久而久之，這裏的村民們都稱南風為「民」。

因從小身材高大，有一雙極其靈敏的耳朵，能辨別出村莊方圓幾里地內的各種聲響，哪怕是到了月夜時分，因也能分辨出田野間的蟲鳴聲、穀穗搖曳的沙沙聲、遠處浪濤拍岸的海浪聲。南禺山村民平日大多以養牛羊為生，村中偶爾無意走丟的牛羊，熱心腸的因經常憑藉着自己的順風耳幫助村民迅速地尋找到牠們的蹤跡。

這一年，風生獸又出來行兇鬧事。剎那間，平地掀起百丈狂風，狂風所到之處，方圓百里一片灰濛濛的，什麼都看不見。

村民們紛紛攜家眷逃跑，因的父親也帶着妻兒一起離開家鄉。一路上，因看見不少鄉鄰倒下，還有不少牲畜被拋向天空，又被重重摔在地上，有摔死的，有被風生獸吃掉的，真是慘不忍睹。

因憤怒極了，大聲問父親：「難道我們就這樣永遠任憑妖怪宰割？！」

父親回答道：「多少英勇的將士都戰不過這風生獸，孩兒且不要逞能，還是快逃！」

因想了想，說：「父親，你們年老體弱，你帶着母親先走，我在後面護着。」

父親見因說得有理，點點頭，帶着妻子走在前面。

父母剛走，因就轉身躲在山坡的後面，仔細觀察風生獸的行蹤，心裏盤算着怎麼才能戰勝牠。因發現風生獸有個特點，就是每次行動之前會先把那對長長的牙齒往前探一下，然後再席地捲來。要是能擊中牠的牙齒，不就斬斷了牠的觸角嗎？

因悄悄拿出隨身帶着的弓箭，朝風生獸的嘴巴射去。

此時，風生獸剛伸出一對鋒利的牙齒，回頭卻撞見因從遠處射出的長箭。風生獸一驚，連忙跳起來躲避，就地一滾，巨齒被生生折斷一隻，口裏頓時鮮血直流。

　　風生獸又羞又憤，牠還從來沒有失敗過，於是一頭向山腰撞去，「嘩啦啦」一聲巨響，那座高山竟被風生獸撞成兩半。高山一倒，露出一個亂石嶙峋的大窟窿，頓時地下河從碎裂的山石中奔湧出來，與地面的河流匯集，向附近的村莊襲去。周邊村莊很快成了水澤國，洪水一片氾濫。

　　因見狀急忙退到另外一座山坡上，他無論如何都沒想到，風生獸會來這麼一下，因束手無策了。當他抬頭再去尋風生獸的行蹤時，風生獸早已跑得無影無蹤。

　　因的父母見兒子遲遲沒有趕來，知道不妙，連忙回身去找，只見山洪爆發，根本就回不去了。

　　過了好幾日，因才慢慢找到父母。父親聽了兒子的敍說，把因劈頭蓋腦地罵了一頓：「不自量力的東西，你看看你闖下的大禍，害得多少村民流離失所！」

　　因低頭跪在父親面前，一句話也說不出來。

　　站在旁邊的母親心疼不已，連連勸說道：「孩子也是一時心急，見風生獸老是欺負百姓，才忍不住的。還好保得性命，兒呀，以後一定要小心，不能擅自行動！」

　　因點點頭。

　　父親又說：「現在這妖怪受了傷，等傷好之後肯定要出來報復，那時你怎麼辦？這麼多村民又怎麼辦？」

　　父親的擔心正是因的擔心，因沉默了。

　　母親一聽也急了，她問丈夫：「能不能想想辦法？要不我們逃到北方去吧。」

父親回答道：「我們再逃也沒此獸快，牠日行千里，大概還沒等我們逃到北方，牠就把我們吃了！」

「那怎麼辦？」母親擔憂地問。

父親思慮了半天，轉身對母親說：「你還記得孩子出生那年到訪的那位長者嗎？」

「是不是那位叫『民』的長者？」因的母親想起來了。

父親又說道：「這位長者看上去不是一位簡單的人物，我們把因交給他，讓他教導因，肯定會有收穫。」

母親點點頭表示同意，但是又疑惑地問：「那我們怎麼去找民伯呢？他來無影去無蹤的。」

父親從懷裏拿出一個細長的盒子給因：「這是當年民伯留給我的東西。」

因打開盒子一看，裏面原來是一隻手掌般大的細長海螺，螺身無孔洞，螺尖處刻有一個圓錐形的小口。他疑惑地問：「這是什麼？」

父親解釋道：「這是民伯留下的口哨，如果想找到他，只要拿起口哨朝南方吹就可以了。」

於是因爬到一座高山上，拿起哨子吹了好幾次，可是不見民伯的蹤影。他突然想起，民伯從南方來，莫非要等南風颳來時，方才有效？

一連好多天，因都站在山坡上聆聽風向。終於有一天，海上颳來了南風，因高興極了，拿起口哨就朝山上跑去。他在南禺山山頂朝着南方一個勁兒地吹，響亮的哨子聲響徹雲霄。

　　就在這時，雲端深處飄來一位白髮銀鬚的老人，他輕輕飄到因的身邊停下了。因驚喜不已，連忙作揖問：「請問，來者是否是民伯？」

　　長者微笑地看着他，回答道：「你是因吧，這麼多年沒見，長這麼大了。」長者拉着因的手，上上下下看了半天。

　　因是個急性子，見民伯沒回答他的問題，急忙又說：「我聽父母說，我的名字就是您起的。現在我們家鄉遭災，請民伯教教因兒。」

　　其實民早知道因大戰風生獸的事了，這次前來是想收因為徒弟。民伯想了想，問因道：「跟着我學習會非常辛苦，你願意嗎？」

　　「願意！為了剷除風生獸那妖怪，解救黎民百姓，再苦我也願意！」因緊握拳頭堅定地說。

　　民點點頭，收下了這個徒弟。

　　自從因拜民伯為師後，他天天在南禺山山頂潛心修煉。有一天，因發現對面山上有塊大石頭，每遇到狂風大作時便輕輕飛起來，如同飛燕，等大風過去，這塊石頭又伏在原處。因不由得暗暗稱奇，於是留心觀察起來。

　　因向民請教：「師父，這到底是什麼原因呢？」

　　民笑而不語，然後拿出一隻小巧的哨子放入口中，只聽一聲犀利的哨聲，面前那塊大石頭動了起來，飛上天空之後，轉眼變成一隻雄鷹。雄鷹朝上深深吸了兩口氣，然後仰天噴出。頓時，狂風驟發，飛沙走石。民又吹了一下哨子，

聲音變得清脆起來，風也立即變得柔和起來，似飛翔的燕子一樣圍在因和民的四周。最後，民把哨子一吹，風立刻停下了，什麼雄鷹、燕子，一概不見了。

因連忙跪地懇請師父將這寶貝借給他。民微笑着說：「這寶貝早已贈給你了，那隻海螺狀的口哨就是當年我親手做的。」因拿出貼身攜帶的口哨仔細地端詳起來。民告訴因：「這不是普通的哨子，是通五運氣候的風哨。」

「風哨？」因好奇地問。

「是的。」民點點頭答道，「風哨不僅能移物變形，還可憑氣流的大小來致風和收風。」

民教導因，風雖然會給人們帶來災難，但也會給人們帶來幸福。比如：在春天時，和煦的春風可以給大地帶來溫暖；到了夏季，清涼的夏風還可以為人們吹走暑氣；到了秋天，涼涼的秋風又可以給大地帶來一片金黃。

「可是，冬天呢？」因不解地問。在他的心目中，冬風最可惡了，它只能給人們帶來寒冷和飢餓。

「冬天可以把風驅使到蟲災氾濫的地方，讓過冬的毒蟲無法生存，來年農田就可以豐收了。」民說到這裏停頓了一下，指着哨子說，「當然，你也可以收風呀，凝神屏息吸氣就可以讓風止住。」

使用風哨不僅要勤練口技，還需靠雙耳來精準判斷風的走向和強度，以便更好地控制風向和氣旋。因天生具有靈敏的聽覺，又勤於專研，不久便掌握了風哨的使用方法，還從

中默默思索打敗風生獸的辦法。

過了好幾個月，海邊又出現了風生獸捲土重來的蹤跡。因拜別民伯，下山直奔南海而去。

風生獸自從受傷後，發誓要踏平所有的村莊，吃掉所有的家畜。牠休養了幾個月後，越發兇猛了，除了那顆斷了的牙齒，身體其他部分都比原來更加強壯了。

風生獸氣勢洶洶地向南禺山一路飛過來，見房屋就推倒，見人和畜就撲過去，沿海一帶真是生靈塗炭，傷痕累累。

因不日便來到南海邊。風生獸得知因趕來，心中的仇恨頓時直衝九霄。只見牠雙臂一揮，剎那間，海面上濁浪滔天；牠再朝天空一揮，白雲被淹沒，只有烏雲密佈。沿岸的村莊遭遇劇烈的震動，海浪以摧枯拉朽之勢迅猛地襲來，瞬間人們都被吞沒在巨浪中。

天色也逐漸暗沉下來，一場傾盆大雨伴隨着海嘯將至。因見情形不對，飛快地跑到山上，取出風哨立即改變風的走向，想將拍岸巨浪反逼回海中。

「嗚——嚕——，嗚——嚕——」因還沒完全用風哨穩住風勢，哪想到風生獸這次不打算用水戰，而是用火攻。牠轉身面向群山搧動翅膀，只見滿山環繞的樹木被點燃了，火又藉風威，熾烈地直撲大地。火焰吞噬着村莊，房屋和莊稼被燒成一片焦土。

因心中暗叫不好，自愧還是低估了風生獸藉機發揮的本事。因定了定心神，調暢氣息，端正唇齒，用風哨駕馭起一

塊身邊的大石。轉瞬間，石頭變化成一頭勇猛的獵豹，揮舞着鋒利的爪子向風生獸撲去。風生獸暫且收攏翅膀，停下對山林的煽風點火，回頭面向獵豹就猛烈地廝打起來。因用風哨控制着獵豹的每一步進攻，獵豹雖不及風生獸高大，但勝在身形迅捷，幾個來回就耗費了風生獸不少精力。

風生獸見佔不到上風，仰天一聲大吼，張開血盆大口便向獵豹迎面撕咬去。說時遲，那時快，等那風生獸靠近時，一聲悠長的滑音從遠處傳來，疾風奔馳的獵豹竟然化成一條巨蟒，吐着血紅的信子向風生獸搖曳而來。

風生獸根本就沒防備，牠沒料到因會使出這招，遲疑了一會兒。只聽見因吹出一陣尖銳的迴旋音，巨蟒狠狠地甩出巨尾向風生獸的胸口抽去。風生獸被巨蟒抽得生疼，一個踉蹌沒站穩，身體倒地滾向山的一側，臨山的樹木被撞得紛紛傾倒下來。

此刻，連續急促的顫音縈繞在風生獸的周圍，巨蟒舞着長長的身子，順勢向風生獸襲去，隨即牢牢纏繞住風生獸的翅膀和四肢。風生獸拼命地掙扎，想要擺脫巨蟒越來越緊的束縛。

因哪肯放過這麼好的機會，清澈的哨聲頓時響起，隨後又接着一聲聲激越鏗鏘的疊音。地上原本零落的樹杈被驚得即刻飄起在半空，隨後如同一簇簇鋒利的箭朝風生獸飛射而去。風生獸被樹枝擊中要害，只能發出低沉痛苦的哀號，軀體慢慢地不再動彈了。

　　這時，因呼喊躲在山中避難的村民前來一起幫忙，有的用大刀，有的用長矛，還有的用匕首，頓時把風生獸斬成幾段，讓牠從此再也不能害人。

　　因告訴大家，不要把風生獸的肉身扔掉，因為牠渾身都是寶。牠的皮可以植皮接骨，牠的肉可以治病，牠的腦子還可以讓人起死回生。

　　村莊裏的人們歡呼起來，紛紛把風生獸的肉割下來拿去治病救人。村莊上空的烏雲也慢慢開始散開，一時間，萬物都變得鮮活、生動起來。藍天又重回大地，明媚的陽光斜照着村莊，天邊出現了一道如夢如幻的七色彩虹，整個村莊像塗上了一層金色的光芒。

　　人們高興地把因拋到空中，稱他為英雄「因因乎」。

　　除去了兇惡的風生獸，厲風和旋風不再殘害百姓，但因因乎知道自己的任務還沒全部完成，他牢記民伯對他的教導：要想讓家鄉長治久安，就要保障風調雨順。

　　南海邊的氣候常常令人難以捉摸，因因乎從此在南禺山山頂安了家，為百姓掌八風消息，通五運之氣候。春暖花開時，因因乎便吐出一股氣流，讓和煦的春風吹滿大地，讓田野佈滿綠色；夏日炎炎時，因因乎拿出哨子，朝四周一吹，清涼的夏風從他口中緩緩流向各大村莊，趕走炎熱的暑氣；寒風凜冽時，因因乎馬上拿出哨子，朝着寒流一指，西北風就乖乖地被收入哨子裏。

　　經過幾年的時間，因因乎已經熟練掌握主管風起和風停

的技巧了。從此，南海邊再也沒有狂風帶來的災難，人們也不會用血淋淋的殺狗的方式，去祈求風停風息了。

和煦的春風，清涼的夏風，舒適的秋風，收斂的冬風，給因因乎的家鄉帶來了豐收，使那裏變得非常舒適宜居，流離失所的人們都紛紛回到南禺山。每逢四季變更、時節更替，當人們凝望着高聳入雲的山頂時，彷彿都能聽到因因乎遠遠傳來的風哨聲，似青雲出岫，不知來處，亦不知去處。

《南山經·南山三經》

原文：又東五百八十里，曰南禺之山。其上多金、玉，其下多水。有穴焉，水出輒入，夏乃出，冬則閉。佐水出焉，而東南流注於海。有鳳皇、<u>鵷鶵</u>（普：yuān chú｜粵：冤鋤）。

譯文：從禺山再往東五百八十里，是南禺山。山上盛產金屬礦物和玉石，山下有很多溪水。山中有一個洞穴，水在春天流入洞穴，又在夏天流出洞穴，在冬天則閉塞不通。佐水發源於此，然後向東南流入大海，佐水流經的地方有鳳凰和鵷鶵棲息。

鵷鶵（清·《禽蟲典》）

傳說中的一種鳥，和鳳凰、鸞鳥是同一類。

128

《大荒南經》

原文：有神，名曰**因因乎**，南方曰因乎，夸風曰乎民，處南極以出入風。

譯文：有個神人名叫因因乎，南方人單稱他為因，從南方吹來的風叫作「民」。他處在大地的南極，主管風起風停。

因因乎（清·汪紱圖本）

古代的四方神之一，常在南方負責主管风起风停。

肩吾

朵朵 文

西南四百里，曰崑崙之丘。

是實惟帝之下都，神陸吾司之，

其神狀虎身而九尾，

人面而虎爪。是神也，

司天之九部及帝之囿時。

【西山經・西次三經】

　　肩吾朝東立在崑崙山最高處，九雙眼睛，犀利有神。

　　風從樹梢間穿過，拂起肩吾通身的絨毛。他的九張臉左右轉動，環顧四周；一條尾巴此刻垂了下來，服帖在臀部一動不動；九個鼻子輪流嗅了嗅，嗅到仙氣中夾雜着一絲陌生的氣息。

　　今天是哪位英雄爬到山上來了呢？天帝不來崑崙山度假時，除了西面的鳳凰、鸞鳥和牠們身上的蛇，東面的幾位巫師、神醫，以及他自己的助手土螻外，山上再無其他人或動物。平常能登上崑崙山的凡人，八百年也不到兩個。肩吾心裏常常期盼多一些凡人登山來訪。

　　他「呼呼」甩尾，看上去像有一個陀螺在屁股後轉動。轉動九下時，他已嗅到來人是從西邊而上，便騰雲駕霧來到崑崙山西邊的大門前。崑崙山有九扇神奇的大門，每一扇門都有一個天庭密碼，破解一個開一扇，肩吾會出一個謎語，猜出謎底的人才能進山，謎底即為入門的天庭密碼。

　　山頂下懸崖峭壁，怪石嶙峋，常人根本無法攀爬。山上遍佈參天大樹，奇花異草上千種。凡人若能攀上山頂，不但能有機會與天帝見面，而且能長生不死。許多人帶着夢想頻頻來到山下，幾經嘗試終不得成功。仰望着高聳入雲、看不到頂的山峰，渴望攀爬的人更覺得其神祕莫測。他們多有不

甘，來來往往，反反覆覆，執着而堅定。

肩吾為專管崑崙山的山神。

肩吾的九個腦袋中，最大的那個是主腦袋，上面頂着八個小腦袋。九個腦袋的每一張臉相貌迴異，表情也各不一樣。十八隻眼睛骨碌碌地轉着，在同一個時刻可以朝不同的方向望去，洞察山上的一切動靜，任何一絲異樣都逃不過他似劍的目光；十八個鼻孔嗅覺靈敏，能辨別出山下二百米外的來者是人是神還是妖；十八隻耳朵聆聽八方，山上方圓八百里內蛇爬動的聲音也逃不過他的任何一隻耳朵；九張嘴能同時說出不同內容的話，他主腦袋上的大嘴通常吃仙草，其餘八張小嘴只吃仙氣和雨露。

今天，他嗅到了陌生的味道。窸窸窣窣的腳踩樹葉的聲音從西邊漸漸傳來，戛然而止時，肩吾聽出那是正在棲息的鳳凰起身站立，身上纏着的蛇滑落嚇到了來人。土螻「哞哞」喊着在前面領路，他從來人的氣喘吁吁中嗅到了興奮與驚恐。等來人走到大門口時，肩吾把九雙眼的目光投過去——

那不是人，雖然他長着人的模樣。

肩吾不動聲色地盯着來人。一片葉子從樹上斜飄下來——山上的氣候漸漸變涼，時不時有漸黃的樹葉輕飄飄落下。那人擦去額頭的汗水，始終不敢抬頭看肩吾一眼——九雙眼睛盯得他瑟瑟發抖。肩吾的主臉露出一絲笑意，其他八張小臉表情不一，有的緊鎖雙眉，有的一臉不屑，有的「嘿

嘿」直笑，有一張還不小心流出了口水……他九張嘴可以同時發聲，但此時只有主臉的嘴在說話，其他嘴發出的聲音，像是和聲那樣「咿唔嘿呀」地低聲伴奏。他給來人出了謎面，應答者有三次回答的機會。

「紅紅果，怦怦跳。裏屋裏，賽珍寶。」

那人沉默半天，說出一個「桃核」。

肩吾九個腦袋都搖了一下。

「胎兒？」

「錯！」

「日頭！」

未等肩吾回答，那人已變成一隻豪豬，「嗷嗷」叫着滾到崑崙山腳下。答不出天庭密碼的妖怪，會被立刻打回原形，從哪兒來，回哪兒去。

肩吾失望地甩甩尾，站在最高處，威風凜凜。他每天往山下俯瞰無數遍，心想：天下百姓的數目多過妖魔鬼怪，怎麼每次登上崑崙山的都是妖怪，就沒有一個人能登上山頂？人的膽量不如妖嗎？

他的九張臉由五花八門的神態變成同一個嚴肅的表情，落寞的情緒在心裏停留片刻，隨後甩尾邁腿進宮，去準備天帝即將前來度假的各項大小事宜。

鶉鳥們在宮內來回穿梭，牠們的嘴上銜着天帝的衣裳，你拋我接，一條褲子不小心套在剛進門的肩吾頭上。肩吾搖晃着腦袋說：「喲吼，遮住我八張臉，以為我看不見嗎？不

過視線差遠了。」說完，八個小腦袋猛然揚起，把衣裳拋到尾巴上旋轉起來。一隻鶋鳥飛來啄起衣裳說：「吾老大，您可別把衣裳弄臭了，到時反倒怪罪我！」肩吾聽了，九張嘴一同「嘿嘿」笑着說：「不怪你，不怪你，不怪你啊不怪你。」聽上去像一群人在齊聲朗誦。

鶋鳥把洗過的衣裳掛在庭院裏晾曬，如果衣裳色澤變暗，鶋鳥便用身上的彩色羽毛再染一遍，衣裳瞬間變得跟新的一樣亮麗。為了時刻保證衣裳帶有太陽、神草、仙花的香味，鶋鳥們得隔三差五就把天帝所有的衣裳輪流拿出來翻曬。有一次，肩吾到天帝的臥房視察，還在門口未進入，就感到一絲帶潮味的空氣撲面迎來，他便皺着大大小小九雙眉說：「皇毛們，所有衣物、牀上用品三日內統統洗曬乾淨，你們身上的羽毛也統統洗乾淨！」肩吾稱雌鶋鳥為皇毛，掌管天帝衣裳的雌鶋鳥有很多，他按大小稱呼她們為皇毛大、皇毛二、皇毛三……掌管餐具的為雄性鶋鳥；掌管工具和器械的為土螻，他的隨身助手為土大，是土螻裏的頭兒。

「就你吾老大喜歡吹毛求疵，頭多的人就是事多！」皇毛六嘴上雖這麼說，但是牠與鶋鳥們卻個個不敢怠慢。

為了保持餐具的潔淨，在不使用期間，肩吾也要求鶋鳥們隔天進行清洗。如果餐具上殘留一滴水，鶋鳥必須接受嚴厲懲罰，屢教不改者，打入凡間重新修煉。

曾有一隻喚作「土七」的雌土螻，非常羨慕鶋鳥能出入天帝的臥房。牠搶着與鶋鳥一起洗曬疊衣，皇毛六唯恐土七

身上的臊味沾臭了龍袍，便急令牠離遠一點兒。土七不服，偷偷在天帝的龍袍上拉了一泡尿。皇毛六銜着臭熏熏的龍袍稟告肩吾，肩吾被熏得九張嘴直吐口水。那土七原本巴望着皇毛六得到懲罰，最後卻落得自己被貶下凡的下場。

　　崑崙仙境到處是奇珍異草，吃了能讓人長生不老。山上皆為神仙，天天看見，不足為怪。而山下百姓想求一草，想見天帝，卻難如上天。肩吾守門，把妖魔鬼怪擋在門外，然而自一千年以前，后羿登山取不死藥以及九位巫師、神醫登山後，卻再沒有接納過任何一位勇者。

　　神在天，人在地，隔着層層懸崖，怎能相通？中間若相連，方成天上人間。

　　「吾老大九臉嚴肅，又是哪裏出差錯了？」皇毛六叼着一件黃袍飛過肩吾頭頂問。

　　「怎麼通……」肩吾九雙眼看着遠方說。

　　「什麼通？」皇毛六落在肩吾身邊，彩色羽毛婆娑在身後，陽光照射其上，發出七彩的亮光。

　　肩吾的主腦袋問：「天上人間怎麼通？」「怎麼通？怎麼通？怎麼通……」其餘八張小嘴跟着問。皇毛六聽後，沉思片刻，提出自己到凡間去一趟。肩吾一聽九張嘴同時說：「嘿，現在正當繁忙之際，哪有空去閒逛，你真想得出！不允許！」

　　「你不懂，」皇毛六轉過身，一襲羽毛掃過肩吾的九張臉，「我是替你去了解凡間百姓的生活的，以便說明有需要

的人登山求得神力，又不是去玩！」

「這倒不錯。」「不錯，不錯，不錯⋯⋯」八張小嘴齊聲應着。肩吾九雙眼睛一同露出驚喜，然後對皇毛六如此這般交待了一番。

正說着，肩吾嗅到有人登上山來。他「呼呼」甩尾，看上去像有個陀螺在屁股後轉動，轉動九下時，他已嗅到來人從北邊而上。沒多久，果然有人上來。肩吾嗅到一股妖味，不免失望。

助手土大把那人領到跟前，是一位絕色美女。她不聲不響，只在肩吾跟前吟唱起舞，歌聲甜美，身姿輕盈，不禁讓肩吾的九雙眼睛看得目不轉睛。舞罷，她抬起小腳說要進山。肩吾說：「等等，報上天庭密碼。」

那女子不做回答，只衝着肩吾甜甜地笑。

「我只是前來為山神歌舞，不求神草。」她瞥了一眼皇毛六飛去的背影說。

「紅紅果，怦怦跳。裏屋裏，賽珍寶。說出天庭密碼。」

「那是進宮殿後的我。」女子說。

「臭美了吧，錯！」

「就是進宮殿後的我。」

「少廢話，說密碼！」

「誰說密碼不是進宮殿後的我呢？」女子紅撲撲的臉蛋上滿是笑容。

未等肩吾回答，那女子變成一隻土螻，滾落到山下。原

來是一隻土螻精，領她到門前的土犬露出一臉怒色。

另一邊，青丘山上空，一隻紅鳳凰繞着村寨盤旋幾圈。一位名叫凡古的男子仰頭看見，慌忙跪下，對着鳳凰連連磕頭。

肩吾踩着落葉，與助手土犬一前一後朝宮殿走去。

「想迷惑我，沒門！」肩吾的大嘴嘟囔道。

「剛開始差點被她迷住。」肩吾的另一小嘴說。

「好在妖氣刺鼻，被我嗅到。」又一張小嘴說。三張嘴同時說話，加上另六張嘴在哼哼嘿嘿，嘀嘀咕咕，旁人根本聽不清他在說什麼，身後的土犬也無法聽清肩吾到底在講什麼，不過他早已習以為常，反正看到肩吾高興，牠就高興。

風中又傳來一股陌生的氣味，肩吾就地轉一圈，嗅了嗅，忍不住尋着氣味來到東邊。那裏有九位巫師、神醫對着肩吾彎腰問候，肩吾停下來看看他們，甩甩尾巴，綻開九張笑臉表示回應。九位充滿智慧和膽量的凡間男子，能夠登山並猜出九個天庭密碼，通過九扇門，絕不同於常人，他們分別於一千年前的不同年份登上山頂。目前為止，崑崙山上常住的，就這幾位巫師、神醫長得人模人樣，其他的包括肩吾自己都是怪模怪樣的獸。肩吾希望巫師、神醫越多越好，不僅能夠幫助更多天下的百姓，還能讓充滿靈氣的崑崙山人氣更加旺盛。

肩吾轉悠幾圈，大嘴叼着一根仙草，踱步到東門口守候。沒多久，助手土犬帶來一個男人：髮髻後梳，露出高高的額頭，上面沾滿汗珠，有一滴汗水淌到眼瞼，看上去像是

炯炯眼神下的一滴眼淚，淡藍色長袍的腰間繫着黑色束帶。肩吾最左邊的小嘴暗暗叫聲「好」，九雙眼睛齊刷刷地看過去。那人滿頭大汗，氣喘吁吁，走到肩吾面前拱手作揖，稟明自己叫凡古。

「紅紅果，怦怦跳。裏屋裏，賽珍寶。請說出天庭密碼。」肩吾九張臉露出相同的微笑，九個腦袋全神貫地注望着這男人。

「心。」凡古手撫心口說。

密碼正確，第一扇用各種鮮花搭成的大門徐徐打開了，幾十朵大花小花紛紛掉落，落在那凡古身上，鑽入他的髮髻。髮髻插滿鮮花是通過第一扇門的標記。凡古雙眼放光，連忙道謝，跨步前去，只覺天高雲淡，滿目葱蘢，清香撲鼻。

「四五枝丫不開花，天寒地凍都不怕，有鬚無葉不入土，小小樹兒遍天下。請說出天庭密碼。」肩吾剛說完，就嗅到北門有妖氣，他幻化出另一個身子站到北門時，果然看見之前被打回山腳的土螻精又返回來了。那美女笑容滿面，娉娉婷婷走過來。

「別說你是土螻，快到沒人看見的地方去！」助手土大衝上去，用犄角用力頂撞，他沒工夫看她唱歌跳舞浪費時間，因為還有一堆工作需要他去做。

「足。」東門這邊的凡古指着自己的雙腳回答道。

密碼正確，第二扇門由幾百隻樹鳥疊在一起搭建而成。肩吾用小嘴吹一聲口哨，再換一張小嘴吹兩聲口哨，最後換

大嘴吹三聲口哨，只見拱門最頂部的樹鳥歡叫着飛起來，一隻、兩隻、三隻……樹鳥們開始一隻隻散開，鳥兒門在翅膀撲棱聲中消失。一隻樹鳥站立在凡古的肩膀上，這是他通過第二扇門的標記。沒有肩吾的三次口哨，樹鳥疊成的門可以一日一夜紋絲不動；沒有肩吾的三次口哨，想要闖入的人也會被樹鳥啄個半死。凡古的心怦怦直跳，眼前的仙境他無心欣賞，只是想着下一個密碼會是什麼。

「小時摔跤哇哇哭，長大摔跤暗暗哭，老了摔跤不會哭。」

「人。」

凡古沒有看到第三扇門，他內心一緊，想必是猜錯密碼了吧。正失意之時，遠處那從天而降的瀑布緩緩劈成兩半，中間一堵石牆徐徐開啟。肩吾手握一個水球往上拋，同時「哈哈」笑着，水球在九個腦袋間跳躍翻滾。凡古的後背有一片水布垂直而下，那是一件水披風，是通過第三扇門的標記。肩上的樹鳥低頭在凡古身後啄水，凡古反手摸摸水布披風，手濕了，而他的衣服卻滴水未沾。

凡古披着水布披風，穿過一片參天大樹的叢林，水布披風被樹枝劃破，瞬間又完好如初，樹鳥飛在前面給他帶路。走了半晌，眼前出現一座發出色彩斑斕光暈的寶石山。太陽光照射過來，一個一個彩色的光圈如氣泡般飄浮在周圍，強烈的七彩光刺得凡古睜不開眼，讓他根本無法前行。耳邊傳來肩吾的聲音：「九座山頭六十四個洞，山山七洞心連心，四十五個豐潤，一十八個乾，個個洞口可閉關。」肩吾的謎

語從來都是即興而作，想到什麼就說什麼。

「此乃崑崙山山神肩吾之九首。」凡古想了許久，禁不住大笑着回答。

感覺到刺眼的光芒在眼前消失時，凡古張開眼，站在原地不敢動。他發現自己身上發出五彩的光暈，這是他通過第四扇門的標記。樹鳥指引他繼續前行，領他走進一片開滿細花的長生不老草地。凡古蹲下來，摸摸這人間見不到的長生草，只嗅了嗅，然後起身繼續往前走。走過廣袤的長生不老草地，漸漸地，天空變得越來越紅，適宜的氣候開始炎熱起來，讓人呼吸困難。只見一堵高聳入雲的火牆擋住了去路，肩吾像從火中出來一樣，躍到凡古跟前說出謎語。凡古汗流浹背，說了三次答案，終於正確，火牆像一塊幕布一樣朝遠處的天空飄去。凡古的額頭上留下一束小火團，這是通過第五扇門的標記。

凡古的膽識、從容和智慧，使得肩吾心裏暗暗佩服。

凡古跟着樹鳥繼續前行，走到山的邊緣，無路可走，往下望去，是一個萬丈深的大峽谷。山體被一圈紅一圈橙一圈黃一圈綠一圈青一圈藍一圈紫的彩色土壤圍繞着。肩吾搖晃着尾巴，趴在一朵雲上，大嘴咀嚼完一株仙草，吐出了九句話。凡古在聽到第七句時，心裏便有了答案，密碼很快就猜對了。肩吾用尾巴在雲上掃了三下，掃出一朵大雲，讓凡古登上去，凡古猶豫片刻便鼓足勇氣一躍而上——腳踩祥雲是通過第六扇門的標記。

　　凡古騰雲駕霧跨越大峽谷，落到對面的山上。這裏雲霧繚繞，玉樹瓊林，樹上結滿寶石，有的寶石落在花草叢中，閃閃爍爍，熠熠生輝。凡古沒有停留，他隨樹鳥穿過一條金光大道，走着走着，光芒漸漸消失，天色逐漸變暗，變暗，再變暗，周遭變得一片漆黑，凡古置身於一片黑暗之中，無法前行。他問樹鳥怎麼走，樹鳥沒發聲。黑暗中傳來肩吾的聲音：「你登山是為求長生不老嗎？」

　　「不，我是為村寨的大事而來。」

　　「什麼大事？」

　　「十多年來，我們村種出來的稻子粒粒空扁，內無一點兒米粒。老百姓食不果腹，只能依賴野果、青草填肚子。我們到處求教，天天跪地祈求土地老爺，皆無果。土地老爺只告訴我們，說崑崙山有一棵巨大的稻子，只要摘三粒神稻回來種下，一切將迎刃而解。九年來，去登崑崙山的不下百人，八九成一去不返，返回者也是摔得遍體鱗傷，不能耕作，之後再無人敢前往。我練功三年，今日成功登山，懇請您指路，並保佑我把神稻帶回，以讓我們種下的稻子顆粒飽滿，造福後代。民以食為天，我們全村寨的鄉親將感恩不盡，永世不忘！」

　　「還有呢？」肩吾問。

　　「沒有了。」

　　「假如幫助你實現五穀豐登的願望，你還有其他要求嗎？」

　　「沒有……」

「真的沒有？」黑暗中，凡古聽出肩吾是用九張嘴同時發問的。

「沒有。」

「假如幫助你實現五穀豐登的願望，你還有其他要求嗎？」肩吾再次發問。

「沒有。」凡古低聲說。他抬眼看看，四周一片漆黑，這第七扇門在何方？

「這個問題的答案是天庭密碼，你回答了兩遍皆不正確，還有一次機會，答不出將前功盡棄，黑暗之門不會再為你打開。」肩吾一字一頓，鏗鏘有力的聲音迴蕩在黑暗之中，「假如幫助你實現五穀豐登的願望，你還有其他要求嗎？」

「……想帶幾株長生不老草，給自己和家人吃。」凡古為自己的回答冒出一身冷汗，他因不能為全村寨的鄉親帶仙草而感到一絲不安。等他說完，一絲光線漏進來，慢慢地，光線變得更亮。眼前的黑暗像巨大的黑幕被徐徐拉開，他的左手背上留下了一塊黑色印跡，這是通過第七扇門的標記。

樹鳥撲棱着雙翅，站在凡古的肩膀上歡叫。不用牠帶路凡古也知道路，因為往前去的僅有一條開滿仙花的小徑。各色蝴蝶、蜜蜂在忙碌地採擷花粉花蜜，陽光時隱時現，四周仙氣繚繞，清香撲鼻。行至半道，凡古眼前出現一條盤龍，頭朝上尾朝下成「7」狀。龍的另一側有許多鳳凰，婆娑的七彩羽毛組成一堵羽毛牆。凡古看見肩吾盤坐在地，大嘴上銜一根鳳羽，九雙眼睛笑瞇瞇地看着他。凡古明白，這龍鳳門

應該是第八扇門。等肩吾說出謎語，凡古答出答案後，肩吾只用一雙眼睛使了一個眼色，神龍便騰空而去，鳳凰們也一隻一隻飛散開來。肩吾把嘴上叼着的七彩鳳羽插入凡古的髮髻，這是通過第八扇門的標記。

凡古邁步進入龍鳳之門，眼前是一望無際的天空，厚厚的白雲懸在半空，他感覺自己像站在無邊無際的雲海岸邊。凡古四下望去，只見肩吾半躺在一朵雲上笑而不語，凡古等了半天也不見肩吾說話。突然，一望無際的天空裂出一條縫隙，瞬間，縫隙拉得更大，裏面飄出裊裊的彩色仙氣。肩吾吐出九個舌頭，禁不住哈哈笑起來：「兄弟，恭喜你穿越所有大門。你身上有通過八扇門的標記，憑標記你可以通過最後的天門。進去吧，凡間的勇士，祝賀你！」

凡古聽了，愣在原地沉默半晌，隨後翻了一個跟斗大叫一聲：「啊哈，只有凡古，啊哈──」他縱身騰雲駕霧，聲音震得雲海顫抖。肩吾的大嘴「撲哧」笑出來：「先別得意啊兄弟。」其他小嘴也同時說着話：「悠着點！」「沒脫凡氣的傢伙，事沒辦成就在那嘚瑟。」「一個跟斗顯露出你的底細。」「凡人就是好激動。」肩吾說話的唾沫星子噴滿天邊，地上的人紛紛仰起頭說，好好的晴天怎麼突然下起毛毛雨了。

肩吾命樹鳥把凡古領到巨稻旁。這株稻子非同尋常，它高聳入雲，粗壯得需五人合抱。

凡古在神稻旁，不多不少按土地老爺說的摘下三粒，藏在貼身處。

第二年春天，凡古把神稻種下。沒過多久，就結出稻穗，那些稻子在當年的秋季粒粒飽滿。

凡古回想起登山的種種，為自己竟有如此勇氣和膽略感到驚奇。忽然，那隻他跪拜過的紅鳳凰在他腦中一閃：是不是那紅鳳凰給了自己魔力？過了很久很久，也沒有任何神或人告訴他答案。他不知道，那紅鳳凰便是皇毛六。皇毛六下凡後看到挨餓的百姓，便按肩吾的交待，選了富有正義感的勇士凡古，施予他登山的力量。

崑崙山的神獸萬物，個個尊重肩吾，但是那隻沒能進山門的土螻精，卻像一隻蚊子般時常來騷擾他。這隻土螻不是別人，正是被貶下凡的土七！對於被貶下凡這事，牠懷恨在心，於是便在修行千年成精後重返回來復仇，可惜未果。肩吾把土螻精緊關於石山中，命其重新修煉。

靜謐的崑崙山，一輪紅日從東方升起。

「吾老大九臉嚴肅，又是哪裏出差錯了？」皇毛六飛到肩吾身旁，朝霞映在牠彩色的羽毛上，照得地面光芒萬丈。

「皇毛六，我知道這麼早必是你。」肩吾轉過身，九張大臉小臉、九雙大眼小眼一齊望向皇毛六，尾巴在身後如章魚觸手般輕柔地甩來甩去，擋得地上的霞光時隱時現，閃閃爍爍。

故事取材

《西山經·西次三經》

原文：西南四百里，曰崑崙之丘。是實惟帝之下都，神**陸吾**司之，其神狀虎身而九尾，人面而虎爪。是神也，司天之九部及帝之囿時。

譯文：往西南四百里是崑崙之丘，這裏是天帝在下界的都邑，由天神陸吾主管。這個天神有着老虎的身體卻長着九條尾巴，有着人的面孔卻長着老虎的爪子。這個天神管理天上九個區域的疆界和天帝苑囿的時節。

陸吾（明·胡文煥圖本）

陸吾就是肩吾，掌管天帝在人間的都城，是天神之一，他形似老虎，卻長着人的面孔，據說有九個頭。

陸吾（明·蔣應鎬圖本）

據說陸吾還有另一種形象：他有着老虎的身體和九條尾巴。

肩吾

西王母

黃華旗 文

又西三百五十里，曰玉山，

是西王母所居也。

西王母其狀如人，

豹尾虎齒而善嘯，蓬髮戴勝，

是司天之厲及五殘。

【西山經・西次三經】

空中出現了一個鳥窩。

從遠處飛來的鳥窩在大風的狂吹下，越來越近了，且不斷地旋轉着，正在下墜。

山路上正行走着一位「妖形」女子，此女子人面虎牙，尖齒外露，身着紅色裙袍，裙袍掩蓋不了一條長長的豹尾，蓬鬆的頭髮上戴一枝玉簪。此女子，正是玉山山神。因玉山在崑崙山系的嬴母山之西，玉山山民便尊稱這位女山神為「西王母」。此時，西王母已經注意到了空中正在下墜的鳥窩。

只聽西王母如虎一般地長嘯一聲，鳥窩便停在了半空，不再下墜，也不再旋轉。

跟在西王母身後的有兩位侍女，分別是長臂和長腿。侍女長臂一伸手，便把停在半空中的鳥窩托在了手掌上，她拔開窩蓋，發現裏面有鳥蛋。長腿侍女走近一看，開始數，一、二、三，啊，總共只有三個鳥蛋。

「慈愛的西王母，您平時最喜歡把三危山上的鸞鳳蛋當作早餐，這三個鳥蛋比鸞鳳蛋稍大一點兒，您就把它們當作明日的早餐吧！」長腿侍女高興地對西王母說。

「慈愛的西王母，這種鳥蛋看上去晶瑩透亮，也定是非凡之物，吃起來味道說不定更好呢！」侍女長臂也討好地說。

西王母點頭表示贊同。

原來，玉山往西三百里的三危山上的樹林中有一種鳥，名字叫鸞鳳。這鸞鳳鳥個兒不大，但生蛋很勤快。西王母最喜歡吃鸞鳳鳥下的蛋，她平時的飲食主要就是甘露和鸞鳳蛋。

第二天，西王母去吃早餐時，打開鳥窩草蓋，恰看到了一隻長着三條腿的小鳥正張開小黃嘴，口中還發出「啾、啾、啾」的叫聲，向她要吃的。西王母笑了，二侍女也笑了。

長臂侍女看着鳥蛋說：「慈愛的西王母，那您就把其餘兩個蛋吃了吧。」

「不！不！這等於殺死了兩個小生命，我不忍心殺死牠們，也不忍心吃了牠們。吃下去會遭天譴的，也會遭地上的人怨怒的。」

西王母說：「剩下的兩個蛋和鳥窩一起交給長腿侍女保管，出殼的小鳥由長臂侍女照料，放在半個葫蘆之中，捉蟲來餵養。」

當晚，長腿侍女看了會兒圓圓的光亮的兩個鳥蛋，小心翼翼地把它們放在自己的胸口，用自己的體溫來孵蛋。過了一夜，第二隻毛絨絨的小鳥從光亮的蛋殼裏鑽了出來。長腿侍女把第二隻小鳥交與長臂侍女，長臂侍女又找來了半個葫蘆，把新生的小鳥放入其中，並餵牠吃小蟲。

第三天，長腿侍女拿着剩下的一枚蛋，摸了又摸，看了又看，還對着太陽照了照，隱隱看到了蛋殼裏邊有水和毛。看得正出神的時候，西王母走到了她身邊，她一緊張，鳥蛋

脫了手，恰好被眼明手快的西王母單手接住，可把長腿侍女嚇出了一身冷汗。西王母慈愛地撫摸了一下長腿侍女的頭，並沒有責怪她。

當晚，長腿侍女還是把鳥蛋放在自己的胸口，用自己的體溫來孵蛋。

就這樣，小鳥一一破殼出世，分別被安放在三個不同的半個葫蘆中。西王母主僕三人天天圍着可愛的小鳥轉。小鳥一天一天長大，食量也一天一天增多。長臂侍女和長腿侍女發揮各自的優勢，每天捉蟲，餵鳥，忙個不停。西王母也常親手拿捉到的蟲去餵那三隻小鳥，一個一個地餵，一遍一遍地餵，手都餵酸了。可喜的是，小鳥的叫聲也一天比一天好聽，從一鳥獨鳴到兩鳥合鳴，再到三鳥輪鳴。

小鳥的鳴叫聲好聽，西王母聽得入迷，每晨必聽，以致她懂得了鳥語，並能用嘴吹出鳥鳴聲，與鳥對鳴，甚是歡樂。如此這番，西王母對小鳥愛之有加。西王母的住處，是一座在數十丈高的大樹上建起的樹宮，裏面存放着小鳥最喜歡吃的蓮樹果和五穀雜糧等。

小鳥為一雄二雌，數月之後長成了三隻奇鳥：牠們有着青色的利喙、紅頂的頭和黑色的雙眼，身披一色碧綠的羽毛，還長着三隻青色的腳，三隻腳呈等腰三角形分佈，走路重心在前面兩隻腳上，後面一隻腳起到平衡和輔助的作用。

西王母喜滋滋地對二侍女說：「就叫牠們『三青鳥』吧」！

三青鳥漸漸長大，二侍女為其做了鳥窩，掛在樹宮內。不久，三青鳥生下一窩鳥蛋。

一天，三青鳥歸巢，發現蛋不見了，焦急地鳴叫着。

原來，這一天，長臂侍女去三危山為西王母取鸞鳳蛋，途中失手打碎了鸞鳳蛋，她怕誤了西王母的進食時間而受到懲罰，遂趁三青鳥外出尋食時，偷拿了三青鳥蛋以充鸞鳳蛋。

西王母嚐此蛋之時，發覺味道鮮美，與以往大異，倍加讚美，要長臂侍女多多取此「蛋」。

長臂侍女無奈，只得屢屢盜蛋，終於被三青鳥發現。三青鳥鳴叫不止，飛騰撲翅向西王母告狀。西王母瞪着眼琢磨片刻，便弄清了所告之事，得知近幾日吃的是三青鳥之蛋，隨即怒責長臂侍女。長臂侍女心中暗恨，不敢表露。

為平息三青鳥之怒，西王母施法術，取自己之精血還原三青鳥蛋，並罰長臂侍女看護三青鳥蛋。

西王母知錯能改，三青鳥大為感動，數日在其棲息之處歡鳴不絕，且主動請求代替長臂侍女專為西王母前往三危山取其所食之鸞鳳蛋。長臂侍女暗增恨意。

西王母感三青鳥之義，久之，不願常常勞累三青鳥，遂決定離開玉山出遊，前往三危山小住。西王母邀三青鳥同行，三青鳥執意不肯，表示願在西王母出巡期間幫助守護樹宮。西王母於是帶着二侍女走了。

長臂侍女因受罰而懷恨在心，發誓要讓三青鳥「絕後」，便趁着陪西王母外出巡遊之機，暗中散佈謠言：「三青

鳥是妖鳥，佔了西王母的樹宮，迫使西王母遷居。」她還唆使怪精火鳥潛回玉山，吐火焚燒西王母樹宮，以嫁禍三青鳥。

　　大半個玉山被怪精火鳥點着了，花草樹木在熊熊的大火中燃燒，飛禽走獸和山民們都東奔西竄，哀號着逃命，只有躲進了山洞的山民或湖水中的飛禽走獸才倖免於難。

　　英勇的三青鳥不顧烈火焚身，飛進山下的溪水中，口中喝滿了水，羽毛上沾滿了水，然後飛到空中，把口中和身上的水，灑到山上，試圖撲滅大火。牠們雖然力量有限，卻毫不氣餒，一次又一次不停地取水滅火。

　　長腿侍女遠遠望見那玉山火光衝天，煙霧瀰漫，不由得心中大驚，立即稟報西王母。長臂侍女心中冷笑，卻裝作驚慌的樣子。西王母得報，率兩侍女趕到玉山，只見樹上宮殿已被大火吞沒。熱浪向她們直衝過來，長臂侍女假意着急得揮起長袖，想降一陣大雨來，澆滅這場天火，但憑她那點兒法力降下的一絲霏霏細雨，還沒有澆到大火中，便已化成了水蒸氣。

　　功力深厚的西王母覺得那三青鳥個頭雖小，能力也小得可憐，但不畏死亡的精神可嘉。於是她使出法力，用豹尾橫掃三圈，微張嘴巴，露出虎牙，對天長長地吼嘯一聲，又用頭上的玉簪凌空三劈，那燙人的天空驟然降下暴雨，頃刻間就把熊熊的大火澆滅了。可是，玉山經過這場火患後，山野一片黑色的焦石，樹上宮殿焚燒成灰，連三青鳥的一窩鳥蛋也不能倖免。玉山密林不復存在，玉山不再是適合棲身的地

方，西王母只得暫返三危山住下，並派兩侍女帶領倖存的山民與飛禽走獸遠遷到三危山同住，等玉山重新恢復生機後再回來。

西王母本想問罪三青鳥，卻見三青鳥奮不顧身撲火救樹宮，一雌鳥甚至為此身亡，西山母讚歎之餘又心生疑惑，暫且先招來水怪勝遇鳥，作法滅了殘火，並讓其施法催生新的草木。存活的兩隻青鳥守着焦土悲鳴不絕，不願離去。

此刻，長臂侍女為隱瞞自己曾唆使怪精火鳥焚山的真相，便指認三青鳥是作案者，並鼓動西王母拆散存活的一雌一雄二青鳥。西王母到了三危山，安頓好逃難的山民與飛禽走獸等眾生靈，之後每日與帶回的雌鳥用鳥語對話。西王母詢問，雌鳥辯答。西王母語調溫柔和緩，鳥兒情深意切。

西王母問：「我待你們不薄吧？」鳥兒答：「慈愛的西王母恩情如山，鳥兒性命雖小，但懂得珍惜。」西王母問：「既然如此，火起何故？」鳥兒答：「稟告慈愛的西王母，忽降大火，始料不及，請慈愛的西王母明察。」西王母問：「與你們有沒有關連？要說實話。」鳥兒答：「慈愛的西王母，世間不論做人做神做獸做禽，都得講『忠義』二字。三青鳥絕非作惡之鳥，對恩人忠貞不二，豈能放火毀掉恩人樹宮，焚滅玉山生靈？這是大逆不道了。而且我們的一窩鳥蛋也與火俱焚，哪有父母親手滅子的呢？」鳥兒悲鳴不止，西王母也動了情，眼眶中含着淚水說：「三青鳥滅火焚身的情景我已見到了，我只是想弄清焚山始因，不會讓三青鳥受冤屈。」

西王母為弄清火燒玉山的真相與鳥兒做了這一次長談。之後，忽傳留在玉山的那隻雄青鳥因終日伏在焦土上悲鳴，不吃不喝，最後也死了。長臂侍女謊報留在玉山的雄鳥撞在石頭上，畏罪自盡了。同日，在三危山的這隻雌青鳥也悲鳴不止，絕食身亡。此時，長臂侍女的報復心願得償：三青鳥絕種絕後了。

　　長腿侍女暗中觀察，發現了長臂侍女的惡行：盜蛋、唆使怪精火鳥焚山。她把實情一一告訴了西王母，西王母終於明白了真相，大怒之下，她將長臂侍女貶入凡間，化作身黑心黑之物，又不許她歸為鳥類，便將「鳥」字去了一點，遂為「烏鴉」。西王母又怒責了怪精火鳥，怪精火鳥後悔莫及，聽從西王母之命，將滅火焚身的青鳥與絕食身亡的青鳥的靈魂召回。怪精火鳥施召魂火使三青鳥復活，變成了後世的鳳凰，「鳳凰涅槃」的傳說由此而來。

　　半月之後，玉山恢復生機，山林蔥鬱茂密，新的樹宮再現。西王母率長腿侍女、三鳳凰以及原山民和飛禽走獸重返玉山。

　　自此以後，樹宮上空常見三隻金色的鳳凰展翅飛翔。

故事取材

《西山經·西次三經》

原文：又西三百五十里，曰玉山，是**西王母**所居也。西王母其狀如人，豹尾虎齒而善嘯，蓬髮戴勝，是司天之厲及五殘。

譯文：再往西三百五十里是玉山，這裏是西王母居住的地方。西王母長得像人，但有豹的尾巴、虎的牙齒，善於長嘯，她頭髮蓬亂，戴有玉石裝飾物，主管天上凶星之厲和五殘。

西王母 （明·蔣應鎬圖本）

傳說西王母負責掌管天上凶星之厲和五殘。她雖然長得像人，但卻有着怪異的虎牙和豹尾，且擅長嘯叫。蓬鬆的頭髮上戴着玉勝。

《海內北經》

原文：西王母梯几而戴勝杖，其南有<u>三青鳥</u>，為西王母取食。在崑崙虛北。

譯文：西王母靠着几案，戴着玉飾。西王母的南面有三隻青鳥，專為西王母取食物。（牠們）在崑崙虛的北面。

三青鳥（明·蔣應鎬圖本）

三青鳥是三隻神鳥，牠們頭上的羽毛是紅色的，眼睛漆黑，平時棲息在西方第三列山系中的三危山上，是為西王母取食的神鳥。傳說西王母駕臨前，總有青鳥先來報信。文學上，青鳥被當作傳遞資訊的使者，後人將牠視為傳遞幸福佳音的使者。